ANDREA LORENA DA COSTA STRAVOGIANNIS

# CIÚME EXCESSIVO & AMOR PATOLÓGICO

Quando o medo da traição e do abandono se torna uma obsessão

Literare Books
INTERNATIONAL
BRASIL · EUROPA · USA · JAPÃO

Copyright© 2023 by Literare Books International
Todos os direitos desta edição são reservados à Literare Books International.

**Presidente:**
Mauricio Sita

**Vice-presidente:**
Alessandra Ksenhuck

**Chief product officer:**
Julyana Rosa

**Diretora de projetos:**
Gleide Santos

**Capa:**
Gabriel Uchima

**Diagramação:**
Cândido Ferreira Jr.

**Revisão:**
Rodrigo Rainho e Ivani Rezende

**Chief sales officer:**
Claudia Pires

**Impressão:**
Gráfica Paym

---

**Dados Internacionais de Catalogação na Publicação (CIP)**
**(eDOC BRASIL, Belo Horizonte/MG)**

S912c  Stravogiannis, Andrea Lorena da Costa.
Ciúme excessivo & amor patológico: quando o medo da traição e do abandono se torna uma obsessão / Andrea Lorena da Costa Stravogiannis. – São Paulo, SP: Literare Books International, 2023.
14 x 21 cm

ISBN 978-65-5922-598-9

1. Ciúme. 2. Amor. 3. Relações humanas. I. Título.
CDD 152.4

**Elaborado por Maurício Amormino Júnior – CRB6/2422**

---

Literare Books International.
Alameda dos Guatás, 102 – Saúde – São Paulo, SP.
CEP 04053-040
Fone: +55 (0**11) 2659-0968
site: www.literarebooks.com.br
e-mail: literare@literarebooks.com.br

*Para Sofia, Nikolas e Andreas*

Para Sofía, Nikolas y Andreas

*"I didn´t mean to hurt you  
I´m so sorry that I made you cry [...]  
I was feeling insecure  
You not might love me anymore  
I was shivering inside [...]  
I´m just a jealous guy  
I was trying to catch your eyes."*  
John Lennon

# AGRADECIMENTOS

A todos os pacientes que atendi ao longo desses 17 anos de carreira. Sem eles, o extenso estudo que realizei sobre ciúme excessivo e amor patológico e, consequentemente, este livro, não aconteceriam.

Aos colegas de profissão e de ambulatório, por todas as trocas de conhecimentos e discussões de casos vivenciados, juntos, diariamente. Em especial, para Hermano Tavares, Cíntia Sanches, Cristiane Gebara, Arthur Kaufman, Monica Zilberman, Fabiana Monicci e Marina Vasconcellos – chefe e companheiros de equipe. Marina Vasconcellos, Stephanie Rigobello, Francisco Moraes e Mirela Mariani - chefe e companheiros de equipe, e tanto outros cujos nomes não cabem neste pequeno espaço.

# PREFÁCIO

Todos nós sabemos bem como é difícil ser uma mulher moderna. Precisa desempenhar bem a profissão, papel a consumir-lhe várias horas do dia, e organizar o funcionamento da casa. Além de cuidar dos filhos: escola, pediatra, natação, judô, serenar as disputas entre os pequenos. Pertencentes ao universo feminino, esses são alguns dos desafios enfrentados diariamente por Andrea Lorena da Costa Stravogiannis.

Formada em Psicologia pelo Centro Universitário do Norte, em Manaus - Amazonas, Andrea, psicóloga e neuropsicóloga, exerce suas atividades profissionais no consultório particular e no Ambulatório Integrado dos Transtornos do Impulso (Pró-Amiti), do Instituto de Psiquiatria da Faculdade de Medicina da Universidade de São Paulo. O Pró-Amiti é um grupo que se dedica à pesquisa e ao atendimento de pacientes com transtornos do Impulso.

A presença de Andrea é marcante: além do costumeiro bom-humor e da produtividade nas reuniões clínicas e supervisões, coordena o trabalho dedicado às pessoas que sofrem de amor patológico e ciúme excessivo. Esta atividade, de indiscutível relevância psicológica e social, rendeu-lhe dois estudos inéditos no Brasil. São eles: a Dissertação de Mestrado "Contribuições para o estudo do ciúme excessivo", em 2010, e a Tese de Doutorado "Contribuição do gênero, apego e estilos de amor nos tipos de ciúme", em 2019, pela Faculdade de Medicina da Universidade de São Paulo.

É muito? Não, claro que não. Necessário frequentar academia, estar constantemente em dieta, manter os cuidados com o corpo, ter vida social.

Andrea faz tudo isso, e muito mais. Profissionalmente, tem um currículo mais do que invejável, como demonstro a seguir.

Como neuropsicóloga, participa do Programa "Cuidando de Quem Cuida" no Hospital Sírio Libanês e é professora e supervisora clínica no curso de pós-graduação em Neuropsicologia do Hospital Albert Einstein.

É também especialista em Terapia Comportamental Cognitiva pelo Ambulatório de Ansiedade (AMBAN) do Instituto de Psiquiatria do HC-FMUSP.

É autora, coautora, editora de livros: *Pais de Autistas, Autismo: um mundo singular, Autismo: integração e diversidade; Compreendendo o suicídio*. Gosta de lecionar e, além do carisma, possui excelente didática demonstrada nas aulas e nas diversas *lives*. Convidada, já participou de debates televisivos sobre temas de interesse popular. Andrea também não descuida de suas redes sociais, como o Facebook e o Instagram. Ela traz ali, de forma sucinta, valiosas informações e orientações sobre diversos temas do domínio da Psicologia, sobretudo a respeito dos relacionamentos amorosos.

Amor saudável é aquele que duas pessoas constroem juntas, com limites, admiração mútua, sinceridade e disposição para lidar com as divergências.

O amor patológico caracteriza-se por um enorme medo do abandono. Apesar de ter consciência dos prejuízos na vida pessoal e relacional, a pessoa não desiste de manter aquela relação amorosa mesmo sem a desejada reciprocidade do parceiro.

O ciúme patológico ocorre quando a pessoa "tem certeza" da infidelidade do parceiro, sem que tenha qualquer evidência disso. O ciumento patológico é altamente controlador, impulsivo e agressivo. Age sem pensar diante de situações que considera ameaçadoras. Preocupa-se excessivamente tanto com o envolvimento emocional quanto sexual do parceiro. O ciúme é um evento tão estressor que pode até mesmo levar ao suicídio.

Os amantes patológicos e os ciumentos excessivos apresentam maior incidência de abuso físico ou emocional na infância.

O ciúme excessivo e o amor patológico são dores do amor que cada vez mais acometem homens e mulheres e nem sempre é fácil distinguir um do outro. Aqueles que amam demais podem demonstrar uma intensidade de ciúme tão alta quanto a das pessoas que sofrem de ciúme excessivo.

Em ambos os casos, o tempo é desperdiçado com preocupações infundadas acerca do ser amado. O amante patológico abandona atividades e pessoas antes valorizadas para ficar apenas cuidando da suposta felicidade do parceiro. O ciumento excessivo limita a vida do parceiro e do casal, privando-se de atividades sociais, quando procura evitar situações provocadoras de ciúme.

A escrita leve de Andrea oferece conhecimentos essenciais a respeito dessas patologias que tanto prejudicam a qualidade da vida psicológica e social. Compõe um livro de raro e valioso conteúdo. Desfrutem.

**Arthur Kaufman**

*Professor Doutor do Departamento de Psiquiatria da Faculdade de Medicina da Universidade de São Paulo. Supervisor dos setores de pesquisa e tratamento do Amor Patológico e Ciúme Excessivo, do Ambulatório Integrado dos Transtornos do Impulso (PRO-AMITI) do Instituto de Psiquiatria do Hospital das Clínicas da Faculdade de Medicina da Universidade de São Paulo (Ipq-HC-FMUSP).*

# SUMÁRIO

**A autora** .......................................................................................................... 15

**Introdução** ..................................................................................................... 17

**I.** O amor romântico: a origem da relação a dois .......................................... 21

**II.** Quando amar demais se torna uma doença ............................................. 27

**III.** O ciúme romântico .................................................................................. 45

**IV.** Quando o ciúme se torna excessivo ........................................................ 51

**V.** Personalidade, temperamento e caráter dos ciumentos excessivos ....... 73

**VI.** Como as relações na infância influenciam os relacionamentos românticos ............... 79

**VII.** Homens x mulheres: quem é mais ciumento? ....................................... 87

**VIII.** Ciúme, ansiedade e depressão: o que veio primeiro? .......................... 97

**IX.** Relações (não satisfatórias) para a vida toda ........................................ 101

**X.** Como distinguir amor patológico de ciúme excessivo ........................... 107

**XI.** Suicídio nos relacionamentos amorosos ............................................... 111

**XII.** Relacionamentos abusivos: quando o amor deixa marcas .................. 119

**Dicas práticas para lidar com as dores românticas**

**I** – Seis passos para entender e domar as dores do amor ........................... 133

**II** – Como superar o ciúme a dois ................................................................ 149

**Notas** ............................................................................................................ 151

# A AUTORA

**Andrea Lorena da Costa Stravogiannis**

Psicóloga e neuropsicóloga, coordena os setores de pesquisa e tratamento do Amor Patológico e Ciúme Excessivo, do Ambulatório Integrado dos Transtornos do Impulso (PRO-AMITI) do Instituto de Psiquiatria do Hospital das Clínicas da Faculdade de Medicina da Universidade de São Paulo (Ipq-HC-FMUSP).

Mestre e doutora em Ciências pela Faculdade de Medicina da USP, realizou dois estudos inéditos no Brasil: "Contribuições para o estudo do ciúme excessivo", em 2010, e "Contribuição do gênero, apego e estilos de amor nos tipos de ciúme", em 2019.

Participa constantemente de reportagens de programas de televisão, jornais e portais sobre amor patológico e ciúme excessivo e contribui com artigos para publicações especializadas em Psicologia.

Como neuropsicóloga, participa do Programa "Cuidando de Quem Cuida", no Hospital Sírio-Libanês, e é professora e supervisora clínica no curso de pós-graduação em Neuropsicologia, do Hospital Albert Einstein.

Especialista em Terapia Comportamental Cognitiva pelo Ambulatório de Ansiedade (AMBAN), do Instituto de Psiquiatria do HC-FMUSP, Andrea atende também adultos e crianças em seu consultório em São Paulo.

# INTRODUÇÃO

*"Se eu tiver de morrer, não serei mais ciumento quando estiver morto; mas, e até que eu morra?"*

**Proust**[1]

O ciúme é um sentimento universal tão antigo quanto o homem e que, em maior ou menor grau, se faz presente em algum momento de nossas vidas. Pode ocorrer em diversos tipos de relacionamentos: entre irmãos, pais, familiares e colegas de trabalho.[2] Neste livro, nós

---

1 Proust, M. (1871-1922). O fim do ciúme e outros contos. Apresentação Ignácio da Silva. São Paulo: Hedra, 2007.
2 Tarrier N, Beckett R, Harwood S, Bishay N. Morbid jealousy: a review and cognitive-behavioural formulation. Br J Psychiatry. 1990;157:319-26. Silva P. Jealousy in couple relationships: nature, assessment and therapy. Behav Res Ther. 1997;35(11):973-85.

focaremos apenas no ciúme romântico, minha especialidade como coordenadora dos setores de pesquisa e tratamento do Amor Patológico e Ciúme Excessivo do Ambulatório Integrado dos Transtornos do Impulso (PRO-AMITI).

Na Mitologia Grega, Hera vingava as amantes de Zeus por ciúme e medo de perder o poder, assim como perseguia Hércules por ver nele a prova da traição de Zeus. No século IV a.C., Aristóteles definia o ciúme de forma muito parecida com a inveja. Dizia que o ciúme era o desejo de ter o que a outra pessoa possuía.

Santo Agostinho, no século IV, afirmou que quem não é ciumento não ama, relacionando mais o ciúme ao entusiasmo do amor do que à suspeita de perda.

No século XIV, o ciúme estava relacionado à paixão, devoção e zelo junto à necessidade de conservar algo importante.[3]

Na Literatura, em 1604, William Shakespeare publicou uma peça sobre a história de Otelo, que acreditava nas intrigas de Iago. Coberto de ciúme, matou sua esposa Desdêmona.

Ainda no século XVII, o ciúme era visto como um sentimento censurável, pois não fazia parte da razão. No século seguinte, já tinha a conotação de sofrimento pela perda da pessoa amada, porém era contrário aos valores morais da época. A família tornava-se mais nuclear (fechada) e

---

3 Torres AR, Ramos-Cerqueira ATA, Dias RS. O ciúme enquanto sintoma do transtorno obsessivo-compulsivo. Rev Bras Psiquiatr. 1999;21(3):165-73.
Pasini W. Ciúme: a outra face do amor. Rio de Janeiro: Rocco, 2006.
Marazziti D. ... e viveram ciumentos e felizes para sempre. Porto Alegre: Casa Editorial Luminara, 2009.

sentimental (as crianças não eram mais dadas para as amas de leite cuidarem). Os casamentos ainda eram arranjados, porém havia um incentivo aos filhos mais novos. Não se dava mais prioridade ao casamento somente do mais velho.[4]

No século XIX, o ciúme tornou-se um problema principalmente entre as mulheres que supostamente deveriam aceitar a traição do marido. O ciúme era visto como fraqueza e sinal de falta de controle, podendo destruir a relação amorosa. Na literatura brasileira, o ciúme está presente na obra *Dom Casmurro*, de Machado de Assis, de 1899. O personagem Bentinho sente ciúme da esposa Capitu por achar que ela o trai com seu amigo Escobar. No século XX, passou a ser visto como sinal de imaturidade, devendo ser ocultado como algo vergonhoso.[5]

Na República de Kiribati e em outras ilhas na Micronésia, as agressões causadas pelo ciúme são aceitas culturalmente. Como punição à traição ou por rivalidade sexual, os indivíduos, na maioria dos casos mulheres, sofrem mutilações no nariz como uma forma de destruir um aspecto importante da atração sexual – a face.[6]

---

4  Torres AR, Ramos-Cerqueira ATA, Dias RS. O ciúme enquanto sintoma do transtorno obsessivo-compulsivo. Rev Bras Psiquiatr. 1999;21(3):165-73.
   Marazziti D. ... e viveram ciumentos e felizes para sempre. Porto Alegre: Casa Editorial Luminara, 2009.
5  Torres AR, Ramos-Cerqueira ATA, Dias RS. O ciúme enquanto sintoma do transtorno obsessivo-compulsivo. Rev Bras Psiquiatr. 1999;21(3):165-73.
   Pasini W. Ciúme: a outra face do amor. Rio de Janeiro:Rocco, 2006.
   Marazziti D. ... e viveram ciumentos e felizes para sempre. Porto Alegre: Casa Editorial Luminara, 2009.
6  Okimura JT, Norton SA. Jealousy and mutilation: nose-biting as retribution for adultery. Lancet. 1998;352(9145):2010-1.

Atualmente, o ciúme é visto como contrário aos conceitos de liberdade individual, sendo encarado cada vez mais como patológico.[7]

Mas, afinal, o ciúme romântico, em todas as suas intensidades, pode ser considerado uma doença? O sentimento manifesta-se de forma diferente entre homens e mulheres? O que caracteriza os ciumentos excessivos?

Este livro visa estabelecer uma correlação entre o amor e o ciúme, tão bem vivenciados por todos, mas pouco explorados fora da literatura. Fala sobre aspectos psicológicos e comportamentais dos ciumentos excessivos, suas principais diferenças quando comparados com indivíduos saudáveis, similaridades e pontos de divergência em relação às pessoas com amor patológico.

As próximas páginas dão acesso à base literária sobre o assunto e a dados de um estudo que conduzi no PRO-AMITI, trabalhando num universo composto de 32 pessoas com ciúme excessivo, 33 sujeitos com amor patológico e 31 sujeitos saudáveis. A pesquisa foi defendida na minha dissertação na FMUSP para obtenção do título de Mestre em Ciências.

Meu objetivo é apresentar as principais implicações acerca do ciúme excessivo, patologia que vem crescendo entre homens e mulheres e sendo recorrente nos tratamentos que realizo no ambulatório público e consultório particular.

---

[7] Torres AR, Ramos-Cerqueira ATA, Dias RS. O ciúme enquanto sintoma do transtorno obsessivo-compulsivo. Rev Bras Psiquiatr. 1999;21(3):165-73.
Pasini W. Ciúme: a outra face do amor. Rio de Janeiro:Rocco, 2006.
Marazziti D. ... e viveram ciumentos e felizes para sempre. Porto Alegre: Casa Editorial Luminara, 2009.

# I.

# O AMOR ROMÂNTICO:
## A ORIGEM DA RELAÇÃO A DOIS

"Como nasce o amor?", "Como sei que estou amando alguém?". Estas perguntas são recorrentes e acredito que muitos já se questionaram alguma vez por não saberem identificar com clareza os sentimentos por trás de um envolvimento amoroso.

Platão[1], em *O Banquete*, escreveu o primeiro grande tratado sobre amor. Nesse livro, um dos participantes, Aristófanes, contou que em tempos remotos os seres eram dotados de duas cabeças, quatro braços, quatro pernas e uma genitália. Andróginos, sentiam-se muito poderosos e ameaçavam invadir o Olimpo, a morada

---

1  Platão. O Banquete. Tradução do grego por Jorge Paleikat e João Cruz Costa. Rio de Janeiro: Ediouro; s/ data.

## CIÚME EXCESSIVO

dos deuses. Zeus, enfurecido, mandou Apolo cortá-los ao meio, tornando-os humanoides, cada um com uma cabeça, dois braços e duas pernas. Somente uma das metades permaneceu com a genitália na parte de trás. As metades perderam a vontade de viver, começaram a andar a esmo à procura da outra metade; encontrando-a, abraçavam-se e viviam assim até morrer. A espécie foi desaparecendo e Zeus, preocupado, pediu a Apolo que mudasse as genitálias para a frente, pois ao se abraçarem iriam se unir sexualmente e se reproduzir.

Deste mito originou-se um dos conceitos mais importantes sobre a psicologia e a psicopatologia do amor, o "amor complementar": cada metade procura a sua outra metade na tentativa de se sentir um ser completo, isto é, a procura da sua "alma gêmea" ou da "metade da laranja". Ama-se porque não se tem, o outro é responsável pela sua felicidade, mesmo sendo imperfeito.

Assim, Platão inseriu uma significação central e complexa ao mesmo tempo. Seguindo essa linha de raciocínio, fica mais claro o que leva o indivíduo à busca intermitente de um amor: é o desejo por algo que nunca terá. Neste tratado, Platão também diferenciou o que seria o Amor Saudável ou Autêntico. É o que leva o indivíduo ao banquete divino, libertando-o do sofrimento, que se satisfaz pela contemplação, que busca o belo, o verdadeiro e o absoluto. O Amor Possessivo ou Patológico é o que devora e tenta possuir o(a) outro(a).

Mais importante do que tentarmos achar significados para este sentimento tão debatido e questionado por gerações de músicos, poetas e escritores, é entendermos como o amor se manifesta de forma saudável e prazerosa em nossas relações amorosas.

# AMOR PATOLÓGICO

O amor romântico é uma das emoções humanas mais genuínas de demonstração de afeto. Manifesta-se por meio do desejo pelo outro, da atração recíproca entre os parceiros. Forma um complexo emocional ligado à ambição, um comprometimento moral, um acordo, uma forma de troca de bens e, ainda, uma ampliação da sexualidade.[2]

A primeira etapa de conexão entre um casal é a paixão. Somos tomados por pensamentos constantes sobre a pessoa amada e pela ansiedade do próximo encontro. Experimentamos uma intensa sensação de bem-estar proporcionada pelo aumento da produção de hormônios como dopamina, ocitocina, serotonina, testosterona e estrogênio. Não é à toa que alguns estudos recentes afirmam que estar apaixonado é uma espécie de vício experimentado por quase todos os seres humanos. Nele, os sistemas neurais para o amor romântico e o apego ao parceiro podem ser considerados sistemas de sobrevivência. Logo, um "vício natural" e positivo. Atinge todas as pessoas quando o amor é correspondido, não tóxico e apropriado. Quando abraçamos, trocamos carinhos e mantemos relações sexuais com o parceiro, por exemplo, liberamos mais ocitocina, considerada o "hormônio do amor".

Passada essa primeira fase de euforia, desejamos fortalecer o nosso relacionamento. Começamos a traçar planos em conjunto e nos sentimos seguros, imaginando que estamos no ápice da relação. À medida que avançamos e intensificamos a relação amorosa, come-

---

2   Levine SB. What is love anyway? J SexMarital Ther. 2005; 31:143-51.
    Nóbrega SM, Fontes EPG, Paula FMSM. Do amor e da dor: representações sociais sobre o amor e o sofrimento psíquico. Estud Psicol. 2005; 22(1):77-87.
    Ghertman IA. Sobre o amor. [cited 2007 jul 14]. Disponível em: www.psicoway.com.br/iso/sobre_o_amor.htm.

çamos a conhecer mais o outro, a lidar com problemas cotidianos e com as diferenças. É natural, portanto, que uma desilusão momentânea tome conta da construção do "amor perfeito" que idealizamos. Assim, é aqui que muitos relacionamentos terminam. Os questionamentos começam a surgir e o desejo da antiga chama avassaladora da paixão atinge o casal.

Somente os parceiros que chegam fortalecidos até aqui começam a viver o amor real. Ambos enxergam e respeitam as diferenças, os pensamentos e atitudes alheios. A relação é, então, fortalecida para que atinja a última fase: de transformação. É nela que os casais superam juntos as diferenças e o amor transforma-se em calmaria e torna-se duradouro. Juntos, acreditam que podem mudar o mundo. Agora sim, podemos afirmar que o ápice de uma relação amorosa saudável foi atingido.

Chamamos de amor saudável, portanto, aquele construído junto, com respeito e honestidade mútuos. Há limites, admiração, sinceridade, assertividade para lidar com as divergências. Ele está diretamente relacionado ao primeiro dos seis estilos de amor classificados por John Alan Lee.[3] Sociólogo, ativista e escritor, Lee desenvolveu, no final da década de 1970, um estudo baseado em técnicas psicométricas para traçar uma espécie de índice que nos ajuda a entender as nuances do amor saudável e as características de um amor patológico.

---

3   Lee JA. Ideologies of Lovestyle and Sexstyle. In: deMunck V.C. (ed.). Romantic Love and Sexual Behavior: Perspectives From the Social Sciences. Westernport Connecticut: Praeger; 1998. pp. 33-76.

# AMOR PATOLÓGICO

## Os seis estilos de amor, segundo John Alan Lee

| Estilos de amor | Características |
|---|---|
| Eros | *Amor saudável, erótico e prazeroso*<br>A pessoa sente atração física imediata pelo parceiro e não é possessiva. É segura e não teme se entregar ao amor. |
| Ludus | *Amor descompromissado*<br>O indivíduo é capaz de amar mais de uma pessoa ao mesmo tempo. Vivido como um jogo momentâneo com ênfase na sedução e na liberdade sexual. |
| Estorge | *Amor que nasce de uma amizade*<br>Leva muito tempo para acontecer e é baseado em interesses e pensamentos em comum. |
| Ágape<br>Eros+Estorge | *Amor zeloso e com caráter espiritual*<br>Preocupação em ajudar o parceiro a resolver seus problemas. Caracterizado pela ausência de egoísmo, ele é incondicional e altruísta. |
| Pragma<br>Ludus+Estorge | *Amor fundamentado no bom senso*<br>O indivíduo examina racionalmente as vantagens do relacionamento antes de se envolver. Os pretendentes são avaliados para verificar se atendem às expectativas; shopping list love. |
| Mania<br>Eros+Ludus | *Amor vivenciado como emoção obsessiva*<br>O sentimento domina o indivíduo, que se sente forçado a atrair continuamente a atenção do parceiro. O ciúme e a possessividade dominam a relação. |

Diante desses estilos, podemos avaliar que o *Amor Mania* apresenta as características que mais destoam de um sentimento saudável, corroborando o chamado amor patológico, assunto do próximo capítulo.

## II.

# QUANDO AMAR DEMAIS SE TORNA UMA DOENÇA

O intuito deste livro é discorrer sobre o ciúme excessivo e traçar um comparativo entre ciumentos, pessoas saudáveis e com amor patológico. Penso ser importante, primeiramente, contextualizar sobre as características que envolvem uma relação amorosa que extrapola as condições saudáveis. No decorrer dos próximos capítulos, identifico qual a relação entre ambas as patologias do amor — ciúme excessivo e amor patológico —, seus principais provocadores e impactos na vida daqueles que são tomados por essas dores de amor. Respondo também a questões frequentes dos meus pacientes: afinal, todas as pessoas que amam demais necessariamente sofrem de ciúme excessivo? Como identificar e tratar cada um dos casos?

## CIÚME EXCESSIVO

O amor patológico é caracterizado por um desproporcional medo do abandono e acomete tanto homens quanto mulheres, independentemente da idade, escolaridade ou classe social. Até aí, esse medo pode parecer comum em qualquer relação, certo? Afinal, ninguém quer ser abandonado. No caso de quem sofre de amor patológico, esse sentimento gera consequências significativas para o(a) paciente, para seu/sua companheiro(a) e, consequentemente, para a própria relação.

Vejamos este caso (todos os nomes que apresentarei aqui são fictícios, preservando a identidade da pessoa): ao chegar no meu consultório com extrema ansiedade, a primeira queixa de Renata, 47 anos, foi de um intenso sentimento de vazio e solidão. Recentemente, ela largou a faculdade e seu trabalho e passou a se dedicar à rotina do namorado. Passa os dias imersa na casa do companheiro, contando as horas para que ele volte do trabalho. Seus afazeres resumem-se a arrumar a casa, os objetos do parceiro e preparar a comida. Quando volta para sua casa, sente-se tão cansada que não tem vontade de procurar um novo emprego ou de se dedicar às outras atividades.

Consegue imaginar uma pessoa que ama tanto a outra a ponto de se esquecer da própria vida para dedicar-se ao(à) amado(a)?

Como vimos, o amor romântico saudável está baseado na segurança e reciprocidade do casal. Os enamorados têm o desejo de estar com o outro, cuidar, respeitando seu espaço e sua individualidade. Quando uma das partes, neste caso, a Renata, passa a viver completamente em função do parceiro, o amor começa a causar sofrimento. Deixa de ser prazeroso para se tornar patológico.

## AMOR PATOLÓGICO

O amor patológico aproxima-se, portanto, do estilo de amor *Mania*, vivenciado como uma emoção obsessiva, mas também do amor *Ágape*, no qual a preocupação em ajudar o parceiro provoca um comportamento excessivo, repetitivo e descontrolado. Tende a sufocar o outro. Já ouvimos pessoas próximas dizerem ou até mesmo dissemos a seguinte frase: "Gosto tanto de você que esqueço de mim". Apesar de parecer uma declaração de amor no início da relação, essa afirmação simboliza uma sobrecarga que o amante patológico carrega na relação e que o coloca em posição de isolamento, muitas vezes sem se dar conta. É o que podemos notar nesta afirmação de outro paciente, Arthur, 26 anos, casado: "Quando eu conheci a Marília, era como se tudo fosse completo, eu não precisava de mais nada ou de ninguém. Abandonei todos os meus amigos, meus familiares, deixei de correr no parque porque ela não gosta de atividade física. O mundo só tem graça se ela estiver junto".

Muitos estudiosos afirmam que o amor patológico se assemelha à dependência de drogas ou álcool. Só que aqui, o grande vício é o parceiro. De fato, ouço muito essa comparação em meus atendimentos clínicos. A pessoa experimenta uma sensação de abstinência quando está longe do outro, gasta muito tempo e energia em cuidados e abandona atividades para cultivar esse amor. Quando está no trabalho ou na faculdade, ela não consegue focar e se dedicar aos afazeres, porque fica com pensamentos ligados ininterruptamente no outro: "Será que ela já comeu?" ou "Está muito tarde para ele voltar sozinho, acho que vou buscá-lo no trabalho e encontro com meus familiares noutro dia". Alguns, inclusive, ligam exaustivamente para o companheiro para saber onde ele está, se precisa de algo: "Qual o telefone do seu médico? Eu ligo e marco a consulta para você". Está tudo bem um parceiro cuidar do outro e ajudá-lo nas tarefas cotidianas, no entanto, pessoas com amor patológico sequer compareçem às suas próprias consultas médicas agendadas há meses.

Como sempre friso nos meus atendimentos, esse tipo de dedicação extrema ao outro extrapola o sentimento de empatia e passa a ser nocivo para ambos. Beira o que chamamos de autossacrifício. A pessoa coloca-se à disposição do outro de tal maneira que acaba se prejudicando, já que, frequentemente, doa além do que possui e negligencia os próprios anseios em busca de amor e reconhecimento. E quando me refiro a doar, falo, inclusive do ponto de vista financeiro. Uma paciente já me relatou, por exemplo, que desistiu de investir suas economias num curso de graduação para priorizar a formação do parceiro. O pensamento de quem se dedica demais ou quer controlar o parceiro por medo do abandono gira sempre em torno de: "Se eu tenho um dinheiro sobrando, vou agradar o meu amor", "Se eu tenho tempo extra, vou me dedicar a ele". Vale ressaltar que nem sempre esse dinheiro e esse tempo estão sobrando! E quando elas(es) se dão conta, esse excesso de cuidado já anulou sua própria vida.

Em muitos casos, a pessoa que sofre de amor patológico tem consciência de que seu comportamento é exagerado, entretanto, não consegue contê-lo. E, como o seu maior medo é ser abandonada, as queixas de taquicardia, dores musculares, insônia, entre outros sintomas, são recorrentes diante da ameaça do rompimento. Essas representações, tanto do ponto de vista físico quanto emocional, são causadas por características de personalidade impulsiva e ansiosa, as quais veremos com profundidade mais adiante.

## AMOR PATOLÓGICO

**"Nosso destino está traçado"**

Outra característica presente nas pessoas que sofrem de amor patológico é a autotranscendência, fator de personalidade caracterizado pelo senso de fazer parte de uma realidade mais ampla. No amor, elas levam em consideração aspectos espirituais e ideais do ser humano em oposição ao aspecto convencional. Por isso, é comum fantasiarem a relação amorosa e buscarem no outro o seu modelo de ideal. É comum ouvir delas frases como: "Fomos feitos um para o outro" ou "Nosso destino é ficar juntos para sempre".

É claro que todos nós, quando nos apaixonamos, criamos expectativas e fantasiamos como seria a nossa relação com o(a) amado(a), mas, conforme vamos desvendando o outro, seguimos em frente com ou sem ele. Já o indivíduo com amor patológico não consegue aterrissar e gasta muito tempo nessa fantasia, e quando ela não acontece, se frustra ao extremo.

Além do próprio nome já nos direcionar à autotranscendência, a música *Escrito nas Estrelas*[1], cantada por Tetê Espíndola, fala de uma pessoa que acredita ter nascido para o seu amado. O destino foi o responsável por uni-los, e que pretende viver eternamente com ele pelo carinho e amor que recebeu:

> *Signo do destino*
> *Que surpresa ele nos preparou*
> *Meu amor, nosso amor*
> *Estava escrito nas estrelas*

---
1   Escrito nas Estrelas, Tetê Espíndola. Brasil, 1985.

# CIÚME EXCESSIVO

> *Tava, sim*
> *Você me deu atenção*
> *E tomou conta de mim*
> *Por isso minha intenção*
> *É prosseguir sempre assim*
> *Pois sem você, meu tesão*
> *Não sei o que eu vou ser*

Esse sentimento de pertencimento exacerbado também é sentido pela Rafaela, 33 anos, advogada. Ela me relatou que namorou apenas uma vez na adolescência com Márcio, um homem 15 anos mais velho, com quem mantém o vínculo até hoje. No início da relação, o sentimento era recíproco entre o casal. No entanto, a reciprocidade durou poucos meses. Márcio terminou a relação. Durante esse episódio, Rafaela teve muitas reações físicas, como taquicardia e dificuldade para dormir. Apesar disso, voltou a ficar diversas vezes com o ex-companheiro, mas nunca como um relacionamento sério.

Quando terminou a faculdade, Rafaela decidiu sair de sua cidade natal para morar em São Paulo. O motivo principal foi se afastar de Márcio. Passou alguns anos sem ter contato com ele, porém, por razões profissionais, o ex-parceiro também foi morar na cidade.

Por terem amigos em comum, voltaram a se falar e, eventualmente, a sair novamente, no entanto, saem mais "como amigos" e não se beijam ou transam, mesmo tendo viajado para diversos lugares juntos (só os dois dividindo mesmo quarto e cama).

## AMOR PATOLÓGICO

Rafaela diz que só sente afinidade com ele. Deixou seus amigos de lado porque eles costumam aconselhá-la a não entrar mais em contato com Márcio. Não fica com ninguém há mais de dois anos e ainda nutre esperança de ter um relacionamento amoroso sério, casar e ter filhos com o amado. Os pais de Rafaela criticam fortemente sua atitude e, por isso, ela tem vergonha de comentar com eles — e com as outras pessoas — que ainda sai com Márcio.

Além disso, Rafaela tende a deixar seus gostos de lado para satisfazer as vontades dele. Porém, recentemente, seu amado disse que ela não seria a mãe dos seus filhos. Diante desta forte afirmação, ela decidiu que não o procuraria mais, o que durou apenas três dias. Durante a sessão no ambulatório, Rafaela confessou que não consegue dizer para ele parar de ligar para ela, pois tem certeza de que não aguentará a ausência.

O que podemos perceber neste caso é que, mesmo após mais de dez anos do término do seu relacionamento, Rafaela continua projetando em Márcio o seu ideal de amor e fantasiando um futuro que não condiz com a realidade de sua relação com o ex-parceiro. A fantasia acontece porque a pessoa que convive com o amor patológico nunca está sozinha. Vive debaixo de um esquema de reforço intermitente: vale ressaltar que, ao longo de todo esse tempo, Márcio também a procurou e nutriu esperança de que algum dia eles ficariam juntos. É como o coelho aprisionado que não sabe quando a cenoura vai chegar, mas acredita que ela virá — pois o alimento de fato, alguma vez, já veio. Logo, insiste nas tentativas.

Para tratar casos como esses, costumo pedir para meus pacientes

## CIÚME EXCESSIVO

assistirem ao filme *(500) dias com ela*.[2] Recomendo para qualquer um. Tom cresceu acreditando no amor perfeito retratado por letras de músicas e filmes. E por ter essas referências, vivia idealizando a sua cara metade. Até o dia em que encontra Summer, uma mulher independente, que deixa claro que não deseja viver um relacionamento sério.

Enquanto Tom acredita cegamente que o destino os uniu, em um dos diálogos, Summer demonstra não acreditar no destino, fugindo da característica de autotranscendência nitidamente presente em Tom. Para ela, "o amor não existe, é uma fantasia". Porém, apesar dessa divergência de visão romântica, os dois acabam se envolvendo. Quando o relacionamento é rompido, ele se sente incapaz de superar a perda da amada e chega a afirmar para os amigos que ela é a única pessoa do universo que consegue fazê-lo feliz.

O filme aborda, portanto, questões como o excesso de expectativas que colocamos no outro quando nos relacionamos de forma não saudável e os malefícios da dependência emocional. Uma reflexão que nos deixa e que compartilho com meus pacientes é que só acreditar – ou acreditar demais – nas nossas idealizações de amor romântico nos leva ao sofrimento.

---

2  (500) dias com ela, Marc Webb. EUA, 2009.

# AMOR PATOLÓGICO

**Você está ou já esteve numa situação de amor patológico?**[3]

Já tive insônia com medo de perder o outro ( )S ( )N
Chorei excessivamente na ausência do outro ( )S ( )N
Cuidei mais dele(a) do que de mim ( )S ( )N
Controlei o(a) meu(minha) parceiro(a) ( )S ( )N
Abandonei meus amigos ( )S ( )N
Parei de fazer o que gosto ( )S ( )N

Atenção! Quem se identificou com diversas dessas situações ou, até mesmo, gabaritou este teste, pode estar vivenciando um amor patológico. Veja seis critérios diagnósticos para identificar a patologia:

1. Sinais e sintomas de abstinência ocorrem quando o(a) parceiro(a) se distancia física ou emocionalmente, ou ainda perante ameaças de abandono ou rompimento. Tais sintomas podem ser: insônia, dores musculares, taquicardia, alteração do apetite;

2. O comportamento de cuidar do(a) parceiro(a) ocorre em maior quantidade do que a pessoa gostaria, ou

---

3 Costa AL. Contribuições para o estudo do ciúme excessivo. Dissertação de Mestrado. São Paulo, 2010.

# CIÚME EXCESSIVO

> seja, a pessoa frequentemente refere manifestar mais atenção e cuidados com o(a) parceiro(a) do que havia planejado;
>
> 3. Atitudes para reduzir ou controlar o comportamento são malsucedidas. Normalmente, a pessoa com amor patológico queixa-se de ter tentado, sem obter sucesso, interromper o comportamento de dar atenção e cuidados excessivos ao(à) parceiro(a);
>
> 4. Despende-se muito tempo para controlar as atividades do(a) parceiro(a). Dedicação e energia demais são destinados a pensamentos e comportamentos numa tentativa de controlá-lo(a);
>
> 5. Abandono de interesse e atividades anteriormente valorizadas: a pessoa vive em função do(a) parceiro(a), deixando de lado família, amigos, filhos, vida profissional e lazer em prol de passar mais tempo com ele(a);
>
> 6. O quadro é mantido, a despeito dos problemas familiares e sociais.

**Um caso de amor patológico**
*(colaboração especial do amigo psiquiatra Arthur Kaufman)*

**AMOR SOB OS BRAÇOS DO REDENTOR**

Entrando no bondinho do Pão de Açúcar. Tarde bonita, ensolarada de dezembro. A Baía de Guanabara descortina-se perante os turistas estrangeiros maravilhados, com suas máquinas fotográficas ou celula-

## AMOR PATOLÓGICO

res, sorridentes, falando em inglês. Casais jovens, mãos dadas, olhos nos olhos. Outros casais de meia-idade, duas senhoras idosas, cabelo pintado de louro, com quatro meninas aparentando serem netas. Bonald, 33 anos, e Janine, 30, médicos, noivos, são os últimos a entrar.

— Você tem certeza que isso não cai, amor?

— Ora, Janine, claro que não! E, de qualquer forma, você bem sabe que te defenderei até a morte.

— Eu sei! Mas é que tenho um pavor que dá até medo!

— Quero você bem pertinho de mim. Grudados. Igual a esses casais gringos.

— Tá bom, amor. Sei que você vai me proteger, meu herói!

O bondinho parte, ela se agarra a ele, que a abraça muito apertado.

— Você sabia que o bondinho foi cenário do filme 007 Contra o Foguete da Morte, quando James Bond enfrentou o Dentes de Aço?

— Posso ser seu James Bond? Vou te dar um abraço de 007.

— Cuidado! Você está me sufocando, amor!

— Desculpe! É que você sabe que a minha devoção não tem igual, não sabe?

— Claro que sei.

— Não entendo você. Faço tudo que quer, falo que te amo com todas as forças que possuo e que você é a mulher da minha vida. Parece que não acredita!

## CIÚME EXCESSIVO

— Bonald, não vamos começar com esse papo de novo, tá? Viemos ao Rio pra passear, estou cansada de tanto ambulatório e de tanto plantão. Você é cirurgião plástico, sofre muito menos. Fica extraindo manchinhas na pele de mulheres gostosas o dia todo. Eu não falo nada. E tenho que ficar na porta do Pronto-Socorro costurando cabeça de bêbado. Dá uma maneirada, por favor!

— Não precisa falar tão alto, Janine. Eu já entendi. Desculpe!

— Excesso de amor às vezes sufoca, estrangula, sabe?

— Você tem razão. Dois mil perdões.

— Você acha que adianta me irritar e me pedir desculpas a todo instante. Só me faz ficar mais irritada ainda.

Um dos gringos observa a discussão. Fica sem entender e acha que estão discutindo a paisagem.

— Gostaria que você não falasse assim comigo, por favor. Quando você fica brava, seja qual for o motivo, diz que quer dar um tempo, ficar sem me ver por alguns dias... fico desesperado, pensando em você o dia todo. Uma frialdade perfura meu peito, como se fora um punhal.... Quando trabalho, não consigo nem me concentrar nas consultas com os pacientes. Por causa do seu distanciamento.

— Sei, nas consultas com suas dondocas. Aaaí!!! O que foi esse solavanco? Esse bondinho nunca caiu mesmo?

— Claro que não, princesa. Fala baixo, eu fico morrendo de vergonha. Não sei nem o que fazer.

— Esse é o problema: você jura que me ama, mas às vezes tem vergonha de mim.

## AMOR PATOLÓGICO

As quatro meninas se aproximam do casal. Vêm com um caderninho. Chegam perto do casal, olham para Janine com curiosidade e concentração. Uma delas pergunta: você é a Maísa, que apresentava os desenhos no SBT toda manhã? Janine sorri, faz um afago na garota e diz que não é Maísa. As quatros sorriem e saem de perto sem dizer nada.

— Só me faltava essa! Agora sou artista de TV. Me respeita!

— Está vendo? Você passa um astral legal pras pessoas. Eu não consigo. Fico até com ciúmes quando vejo como as pessoas te comemoram.

— Não fique com ciúmes, não vai te fazer bem! Está tão gostoso esse passeio, não está? Já estamos chegando?

— Já. Vamos descer e passear um pouco por aqui. Preciso relaxar.

Começam a andar de mãos dadas, no meio dos outros turistas. As quatro crianças e as avós continuam olhando para Janine com curiosidade, talvez ainda desconfiadas de que ela nega ser apresentadora do SBT. Passam por algumas barracas onde se vendem petiscos. Um rapazinho bem-vestido chega perto de Bonald e, falando baixinho, oferece-lhe maconha.

— O que é que o rapaz queria, Bonald?

— Me vender maconha, imagine. Como se eu precisasse de maconha pra ter barato. Meu barato chama-se JA-NI-NE! Adivinha quem é?

O celular dele toca. Ele olha para o número e atende mal-humorado. Fala rapidamente com alguém, de um jeito meio ríspido.

— É minha mãe. Meus pais reclamam que eu demoro para visitá-los. Não sabem que estou aqui no Rio. Muito duro ser filho único. Muito mais pela minha mãe, sempre fui muito ligado a ela. Com meu pai, nem estou muito aí, ele nunca me prestigiou, nunca ligou muito pra mim. Quando entrei na faculdade de Medicina, além de não me dar um carro de presente, mesmo usado, falou que eu não fiz mais que minha obrigação, que ele investiu muito na minha educação. Ainda bem que vim pra São Paulo pra fazer o curso, não ia aguentar passar minha vida no interior.

— Aliás, eles ainda não me conhecem. Por quê? Não é natural os pais de um rapaz conhecerem a noiva dele? Ou será que você tem vergonha de mim!?

— Claro que não, bobinha! É que quando as minhas folgas de plantão coincidem com as suas, eu prefiro ir com você visitar os seus pais.

— Sei, sei. Vou pensar nisso. Quando começamos a namorar, várias vezes nós discutimos, principalmente quando, em algumas folgas do plantão, eu voltava para ver minha família em Santa Bárbara. Não estou muito convencida da profundidade desse amor. Será que você não me engana? Você me ama muito mesmo? Como sempre diz?

— Janine, minha princesa, seus lábios me ferem e também me curam. Posso morrer nos teus braços. Oh, doce sofrimento! Te amo do tamanho de um elefante de duas trombas. Eu quisera poder ficar com você toda a minha vida. Eu desejara poder entrar na sua cabeça pra saber o que você pensa. Eu ambicionara poder invadir seu coração pra descobrir tudo o que você sente a meu respeito... Eu pudera...

## AMOR PATOLÓGICO

— Chega, Bonald! Menos! E já te falei que fico muito irritada quando você começa a usar direto o mais-que-perfeito. Fala direto, que eu entendo. Além de que sou formada em Medicina, não em Letras.

Andam mais um pouco. Ela para porque seu tênis ficou desamarrado. Ele não hesita: ajoelha-se, alisa o tênis, amarra-o, alisa-o de novo e levanta-se, olhando para ela apaixonadamente.

— Desculpe, princesa! Eu não me contenho. Aliás, você bem sabe que, pra vir ao Rio pra comemorar nosso aniversário de namoro, eu tive que arranjar uma desculpa para o meu chefe... teria que auxiliá-lo numa cirurgia... Falei que estava doente. Por sorte, não houve problema, meu amigo me cobriu na cirurgia.

— Mas eu queria, na verdade, que você me apresentasse pra sua família. Já comemoramos nosso primeiro aniversário de namoro, já festejamos seis meses de noivado. Por que não marcamos nosso casamento? Parece que você nem se preocupa com isso. Noto, aliás, que tem dificuldade de entender minhas necessidades. Suas preocupações são tão diferentes das minhas, que às vezes me pergunto se vamos dar certo.... Vamos até o Corcovado?

— Vamos. Seu desejo é uma ordem! Sou um soldadinho de chumbo seguindo minha líder. Vossa Alteza manda no meu coração.

— Que mentira! E nem vermelho você fica. Fica me enviando aquelas mensagens megarrepetidas pelo WhatsApp, declarando amor, e acha que vou acreditar nas suas lorotas. Por que não casamos?

— Ando pensando muito nisso. Faço tudo por você, não quero perdê-la. Só que você é tão geniosa! Fica irritada quando te ligo pelo WhatsApp.

## CIÚME EXCESSIVO

Princesa, quando fico longe dos seus olhos, dos seus cabelos, sinto um vazio, um buraco no peito, você bem sabe. Ao mesmo tempo, fico agitado o dia todo e não consigo dormir se não me liga para dar boa-noite. Fico imensamente triste e sem energia. Me dá um aperto no peito, que quase me sufoca, fico agitado e sem sono. Um pesadelo acordado! Seu boa-noite é o oxigênio que preciso pra dormir.

— Ah, que lindo! Como você fala bonito, mas não me respondeu. É de irritar mesmo quando demoro no plantão e você me envia aquelas respostas em áudios tão agressivos, como se achasse que não me dou ao trabalho de responder. Aí, já até sei o que acontece. Pedido de desculpas. Frases do tipo: que os meus suspiros dolentes possam chegar até você pelas asas do amor. Flores, uma joia bonita e um convite pra jantar num restaurante caro. E eu sempre caio na sua...

Saem do táxi, sobem as escadarias e, no meio de uma multidão, chegam, enfim, aos pés do Cristo Redentor. Numa reação inconsciente, ela percebe-se mais agressiva do que devia, retoma a estratégia de agradá-lo e o abraça apertado e beija com entusiasmo.

— Ah, eu sempre quis tanto vir aqui. É uma das maravilhas do mundo moderno, não é verdade? Eu vi na internet.

— Tenho certeza de que Jesus Cristo está nos abençoando agora, princesa. Sinto isso no meu coração. Tive algumas namoradas depois que fui pra São Paulo, é verdade. Mas por períodos curtos. Depois que te conheci, no primeiro ano da residência, senti uma paixão avassaladora. Juro! E disse pra mim mesmo: tenho certeza de que vou me casar com essa princesa.

## AMOR PATOLÓGICO

— Quando? Você, às vezes, me cansa, Bonald. Gosto que você goste de mim. Amo que você me ame. Mas sua presença é muito intensa, chega a me incomodar. Penso com frequência em te largar, te dizer me escreva quando quiser, me liga quando quiser. Só não fica tanto no meu pé! Acho que isso não é normal. Me chamar de oxigênio? Me ligar vinte vezes por dia, fora os áudios de cinco minutos (que tenho de pôr no acelerador) e fora as mensagens de texto de tantas linhas? Quem aguenta isso? Por muito menos, a Pati deu o fora no Laisson. Eu trabalho muito, me canso muito. Mal posso ir ver meus pais, nunca saio com minhas amigas... Penso se não seria melhor darmos um tempo...

— Mas se somos noivos, qual é o sentido de sair com suas amigas? Uma noiva sai sempre com o noivo. Isto é o normal. Não tem sentido você sair com aquele bando de solteiras, sei lá onde, sei lá fazendo o quê!

— Você não é meu dono, Bonald! Preciso de liberdade. Já reparou que há muito tempo você não dá bola nem sai com seus amigos?

— Meus amigos não entendem o porquê de não querer mais tomar chope com eles, como fazíamos antes. É que agora estou comprometido e eles estão solteiros. Fazem programa de solteiros, vão em baladas, enchem a cara, saem com meninas. Não consigo ficar longe de você. Não vejo graça!

— Mas alguma coisa precisa mudar, querido! Não tá dando. Eu pensei que com essa viagem pro Rio pra comemorarmos nosso aniversário você se acalmaria um pouco. Nada! Fomos ao Pão de Açúcar, estamos agora no Corcovado. E vem esse lero-lero de que Cristo está nos abençoando e sei lá o que mais. Por que você não me pede em casamento? Quem sabe, sossega...

# CIÚME EXCESSIVO

— Princesa, estou na residência em cirurgia plástica, é difícil e cara. Divido aluguel com o Eusébio, aquele português, já te contei. Não ganho muito, mas quero te oferecer a mesma vida que você tinha com seus pais. Eu não ligo de dever para o banco.... Vou te contar uma novidade, que nem ia contar agora. Mas, lá vai: também estou pagando parcelas mensais de um apartamento pra gente morar quando casar. Ia te pedir pra você já começar a planejar a decoração.

Janine para subitamente, arregala os olhos, agradece ao Cristo e se entrega a ele sem estribeiras.

— Bonald, meu amor! Bonald, meu doce! Não sei o que falar. Esperei tanto por esse momento mágico. Aquilo que você dissera no dia do nosso noivado me impactara. Achara que o casamento viria logo a seguir. Agora vejo que não foi assim... Caso com você ou te mando pra casa do seu tio? Percebo seu amor, seu intenso amor. Mas tenho tanto medo! Minha prima Katiane casou com um homem igual a você, que fica se derretendo e derramando. O dia todo e a noite toda. Ela não aguentou mais de um ano. Bonald, não me chama de louca pelo que vou dizer. Mas tenta ser um pouquinho menos apaixonado, pode ser? Minha vida não pode ser só você. Preciso da minha família, dos meus colegas de profissão, dos meus amigos. Será que você consegue, Bonald? Será que consegue ter outros interesses na vida? E, assim, casamos.

# III.

# O CIÚME ROMÂNTICO

**Q**uantas vezes você já ouviu frases como: "O ciúme é a comprovação do amor" ou "Sem ciúme, não existe amor"? No imaginário humano, o ciúme num relacionamento romântico quase sempre está atrelado ao amor, seguindo a lógica de que, quanto mais ciúme houver, mais amor haverá.[1] A própria etimologia da palavra ciúme deriva do latim *zelumen, zelus* e do francês *jalousie*. Denota o sentido de "zelo, ciúme de amor".

A maioria de nós já se sentiu angustiada diante da possibilidade de perder aquele(a) que amamos, de sermos traídos(as) ou de imaginar que outra pessoa

---

1 Ferreira-Santos, E. Ciúme: o medo da perda. 3 ed. São Paulo: Ática: 1998.

# CIÚME EXCESSIVO

possa fazer nosso bem-amado mais feliz. Portanto, é isso mesmo: estamos todos vulneráveis ao ciúme romântico e já sentimos ou sentiremos essa sensação de angústia uma vez na vida.

Dedicar-se a um relacionamento interpessoal influencia a saúde física e psicológica, aparentemente pelo sentimento de pertencer a um grupo social e ser membro de uma relação – amorosa ou não. Quando esse relacionamento se encontra em risco, surge o sentimento de ciúme.[2]

O ciúme romântico está associado ao desejo de reagirmos quando somos confrontados, seja o nosso rival real ou imaginário, para eliminarmos os riscos da perda da pessoa que amamos.[3] Ele é classificado pelos psicólogos e estudiosos do tema, White & Mullen, como um complexo de pensamentos, emoções e ações.[4] Ao sentirmos que nossa relação está em perigo, agimos de acordo com os nossos questionamentos e sentimentos.

Diante dessa definição, surge uma dúvida frequente em meus atendimentos sobre a existência do ciúme saudável, e que acredito ser também um questionamento de boa parte de muitas pessoas. O ciúme não é necessariamente um sentimento ruim e, na dose certa, pode ser considerado natural e até trazer brilho para relações que estão enfraquecidas pela rotina, fazendo as pessoas se sentirem bem-queridas e amadas. Passando, portanto, um instinto de proteção para o outro.

---

2 DeSteno D, Valdesolo P, Bartlett MY. Jealousy and the threatened self: getting to the heart of the green-eyed monster. J Pers Soc Psychol. 2006;91(4):626-41.
3 Torres AR, Ramos-Cerqueira ATA, Dias RS. O ciúme enquanto sintoma do transtorno obsessivo-compulsivo. Rev Bras Psiquiatr. 1999;21(3):165-73.
4 White G; Mullen PE. Jealousy: theory, research, and clinical strategies. New York: The Guilford Press, 1989.

## AMOR PATOLÓGICO

Gosto bastante da analogia feita por Willy Pasini, professor milanês de Psiquiatria e Psicologia Médica, sobre o que ele chama de ciúme "bom" ou afrodisíaco: assim como um tempero, seja pimenta ou outra especiaria, na dose certa, dá um toque diferente aos pratos, tornando-os mais saborosos, o ciúme, se dosado, tem a capacidade de acender o desejo. Por outro lado, a absoluta falta de ciúme torna o amor insípido, como acontece com as comidas sem tempero.[5]

Na nossa cultura é muito difícil identificar quando o ciúme está crescendo porque somos ensinados desde cedo que se a pessoa sente ciúme é porque ela gosta do outro. As novelas e os filmes mostram muito isso: a pessoa se descontrola diante de uma situação de ciúme e, depois, leva flores para o(a) parceiro(a) como demonstração de amor. E, assim, passamos a valorizar um discurso glamouroso do cuidado.

Por outro lado, como qualquer outro tipo de emoção, sabemos que o ciúme pode se manifestar em diferentes níveis de intensidade, persistência e *"insight"*, divergindo de uma condição normal à patológica.[6] Podemos fazer uma comparação com a dependência do álcool: não é somente a quantidade de álcool que a pessoa ingere que determina se ela é alcoolista ou não. Sendo assim, não é somente a quantidade de ciúme que faz com que um indivíduo seja considerado ciumento excessivo, mas sim as consequências negativas que o ciúme gera além de sua forma de agir quando sob efeito do ciúme.

O que nós, psicólogos, levamos em consideração para avaliar o ciúme dentro desta escala de normalidade à patologia, inicialmente,

---

5 Pasini W. Ciúme: a outra face do amor. Rio de Janeiro: Rocco, 2006.
6 Marazziti D; Rucci P; Di Nasso E. et al. Jealousy and subthreshold psychopathology: a serotonergic link. Neuropsychobiology, 2003b;47(1):12-6.

# CIÚME EXCESSIVO

é a sua duração e o grau de interferência na vida de ambas as partes envolvidas na relação amorosa. Para ser considerado normal, deve ser passageiro, baseado em fatos e transmitir a mensagem de cuidado. Diante de ameaças, cumpre o objetivo de preservar o relacionamento, sem prejudicar o casal e a relação e sem limitar o espaço do outro. Não há interferência, portanto, na individualidade, na vida social e nas atividades comuns de ambas as partes. Para Rydell & Bringle[7], que classificaram o ciúme normal de reativo, acontece de forma circunstancial diante de acontecimentos concretos, como casos extraconjugais ou quando o parceiro viola características intrínsecas ao relacionamento.

Sob o ponto de vista da psicanálise, Freud diz que o ciúme tem seu início a partir do complexo de Édipo. O ciúme normal para ele, ou de aptidão, protege o sujeito de um sentimento maior de angústia, constituído pelo pesar e sofrimento relacionados ao pensamento de perder o objeto amado. Há, ainda, o ciúme advindo da ferida narcísica e sentimentos de inimizade direcionados ao rival bem-sucedido, ou seja, o sujeito tende a projetar na(o) parceira(o) o seu ciúme, quando, por exemplo, o parceiro sente vontade de trair, mas não consegue assumir isso de forma consciente e acaba jogando (projetando) tal vontade no comportamento da parceira. Logo, não é ele quem quer trair, mas sim ela.[8]

---

7   Rydell RJ, Bringle RG. Differentiating reactive and suspicious jealousy. Soc Behav Person. 2007;35(8):1099-114.
8   Freud, S. Alguns mecanismos neuróticos no ciúme, na paranoia e no homossexualismo. v. 18. Rio de Janeiro: Imago, 1989.
    Freeman T. Psychoanalytical aspects of morbid jealousy in women. Br J Psychiatry. 1990;156:68-72.

## AMOR PATOLÓGICO

Dentro desta classificação de normalidade, aquele que se sente atingido pelo ciúme é capaz de manter o controle sobre a situação e de modificar seus sentimentos e pensamentos diante de novas informações relacionadas a uma situação ameaçadora. Então, se ele observa, por exemplo, que alguém está flertando com seu(sua) parceiro(a), não vai brigar com o suposto rival, mas sim voltar as suas atenções para a pessoa que está com ele e ver qual será a sua reação. A partir daí, ele espera a situação passar, e quando estiverem só os dois, em um local privado, conversará sobre o que não gostou de forma assertiva, falando sobre seus sentimentos. A atitude ocorre porque o ciumento saudável mantém o foco no parceiro e não no seu rival, e seu intuito é zelar pelo relacionamento e não pela outra pessoa de forma obsessiva, como se ela fosse sua posse. Mesmo que seja dolorido e triste aceitar que o parceiro possa se interessar por outra pessoa, e que possa vir a existir uma separação do casal, nesta situação de ciúme normal, a pessoa consegue superar o rompimento da relação depois de um certo período de adaptação.

Outro ponto de vista levantado por alguns autores associa o ciúme ao conceito de exclusividade. Diante dessa ótica, o ciúme surge da necessidade de ter que dividir algo do parceiro, como tempo e atenção, com uma terceira pessoa. Desta forma, o ciúme extrapola o limite de zelo ao relacionamento afetivo, representando um sinal de devoção ao outro. Neste caso, o ciúme começa a apresentar características patológicas, o que veremos em seguida.

---

8   Marazziti D, Nasso E, Masala I, Baroni S, Abelli M, Mengali F, Rucci P. Normal and obsessional jealousy: a study of a population of young adults. Eur Psychiatry. 2003a; 18:106-11.

## CIÚME EXCESSIVO

> ***Check-list* do ciúme considerado saudável**
>
> ✓ Passageiro/pontual
>
> ✓ Leve
>
> ✓ Não interfere nas atividades individuais ou de ambos
>
> ✓ Desaparece frente às evidências
>
> ✓ Não envolve pensamentos persistentes sobre a infidelidade do parceiro
>
> ✓ Não provoca manifestações físicas como taquicardia, dores musculares, irritabilidade, agressividade e outras.

# IV. QUANDO O CIÚME SE TORNA EXCESSIVO

O ciúme patológico, do tipo excessivo, também conhecido como neurótico ou obsessivo, presente na literatura científica, ocorre quando a pessoa mantém uma crença fixa acerca da infidelidade, sem que tenha evidências para tal. Não é passageiro e nem pontual diante de uma suspeita de traição. Muito pelo contrário. Pode, inclusive, atingir a forma delirante, condição mais extrema do ciúme patológico. É quando a pessoa tem certeza de que está sendo traída mesmo diante de todas as evidências apontando o contrário. Aqui, pode ser que exista uma psicopatologia associada, tal como dependência de álcool ou drogas ou esquizofrenia, por exemplo. Veremos mais à frente com mais detalhes.

# CIÚME EXCESSIVO

*Apenas um lembrete:* neste livro, vamos nos referir ao ciúme patológico como sinônimo de ciúme excessivo.

No geral, o ciúme excessivo manifesta-se diante de uma suspeita infundada de traição do(a) parceiro(a), influenciando os pensamentos, sentimentos e, consequentemente, os comportamentos das pessoas que o sentem. Como não há fundamentos para embasar suas frequentes dúvidas, dizemos que estes pensamentos são irracionais e, por assim serem, causam angústia e prejuízo à pessoa amada, ao indivíduo ciumento e ao próprio relacionamento amoroso. Ultrapassam o nível de possessividade aceito pela sociedade[1], distanciando o ciúme excessivo de um sentimento romântico natural e inofensivo.

Sabrina, 37 anos, empresária, casada com Rodrigo e mãe de dois filhos, descreveu-me que convive diariamente com a sensação de estar sendo traída. Sente fortes palpitações, falta de ar e suas mãos suadas quando liga para o marido e não é atendida. Quando divide a atenção do companheiro com os amigos ou familiares, se sente invalidada e sem importância. Sabrina age de forma impulsiva – xinga o parceiro e chora compulsivamente depois das brigas.

Este é um caso que representa as pessoas que sofrem de ciúme excessivo. Além de não terem motivos aparentes e fatos comprovados para se sentirem traídas, elas tendem também a interpretar eventos insignificantes, como uma conversa numa roda de bar, um aperto de mão ou um tom de voz julgado como diferente. Entende tais eventos como indícios de que o(a) parceiro(a) está sendo infiel.

---

1   Marazziti D. ... e viveram ciumentos e felizes para sempre. Porto Alegre: Casa Editorial Luminara, 2009.

## AMOR PATOLÓGICO

A partir dessas suposições, elas reagem mais facilmente e de forma exagerada a situações nas quais a infidelidade e o amor do parceiro não têm por que serem questionados.[2] Sabrina, por exemplo, quando não é atendida pelo marido, manda diversos áudios questionando sua ausência naquele momento e vasculha seu computador para descobrir senha de e-mail e outras pistas que possam confirmar a hipótese de estar sendo traída.

Buscas e acusações de infidelidade passam a ser repetitivas e levam o(a) ciumento(a) excessivo a dar mais um passo para tentar controlar o(a) parceiro(a): gerenciar seus deslocamentos e ações. E se mais uma vez sentir que suas buscas foram malsucedidas, diante da falta de pistas ou quando confrontados com informações conflitantes, recusa-se a mudar seus pontos de vista. A resposta emocional passa a ser, portanto, sempre descomunal diante da situação real. Não é à toa que Rodrigo, marido da Sabrina, afirma não saber agir diante de tantas dúvidas da companheira e diz "pisar em ovos" na definição de sua atitude no relacionamento com a esposa.

Costumo dizer que uma diferença significativa entre o ciúme saudável e o ciúme excessivo se dá pela estratégia falha de cuidado com a relação. Na verdade, o que o ciumento excessivo faz <u>não</u> é cuidar do outro, mas sim de si próprio, das suas angústias e de seus sentimentos. Logo, a pessoa amada acaba se sentindo descuidada e ficando cada vez mais insatisfeita com a relação.

---

[2] Tarrier N, Beckett R, Harwood S, Bishay N. Morbid jealousy: a review and cognitive-behavioural formulation. Br J Psychiatry. 1990;157:319-26.
Westlake RJ, Weeks SM. Pathological jealousy appearing after cerebrovascular infarction in a 25-year-old woman. Aust N Z J Psychiatry. 1999;33(1):105-7.

# CIÚME EXCESSIVO

## Principais características dos ciumentos excessivos

Para a minha dissertação de mestrado *"Contribuições para o estudo do ciúme excessivo",* apresentada à Faculdade de Medicina da Universidade de São Paulo, conduzi um estudo no PRO-AMITI, envolvendo 32 pessoas com ciúme excessivo, 33 sujeitos com amor patológico e 31 sujeitos saudáveis. Encontrei que 72% dos indivíduos na amostra de ciumentos excessivos apresentaram o estilo de amor Mania, que vimos no primeiro capítulo. Isso quer dizer que, assim como as pessoas com amor patológico, eles mantêm relações amorosas caracterizadas pela obsessão e pelo ciúme.

Uma das metodologias que utilizei para comparar o índice de ciúme entre aqueles que o vivenciam de forma normal e os ciumentos excessivos foi o *Questionnaire on the Affective Relationships (QAR)*[3], no qual os participantes deveriam elencar, dentro de uma escala que varia de 1 (nunca) a 4 (sempre), a ocorrência de comportamentos decorrentes de pensamentos relacionados tanto ao ciúme quanto à infidelidade do parceiro.

As primeiras conclusões que podemos tirar é que os ciumentos excessivos apresentam três características marcantes:

## 1 - PREOCUPAÇÃO EXCESSIVA E PENSAMENTOS DISTORCIDOS

Os ciumentos excessivos passam em torno de oito horas diárias preocupados com a infidelidade do(a) parceiro(a). Tempo gasto com medos e questionamentos sobre a falta de sinceridade no relaciona-

---

3   Marazziti D, Nasso E, Masala I, Baroni S, Abelli M, Mengali F, Rucci P. Normal and obsessional jealousy: a study of a population of young adults. Eur Psychiatry. 2003a; 18:106-11.

mento, a possibilidade do(a) parceiro(a) fazer algo sem informar, de se relacionar com alguém do passado e ser infiel. Eles relataram que tamanha preocupação gera sofrimento e interfere significativamente em suas atividades diárias. Não é para menos.

Geralmente, essas preocupações excessivas são atribuídas ao outro, gerando pensamentos distorcidos acerca do ciúme. Para os ciumentos excessivos, a forma como o(a) parceiro(a) se veste ou se comporta diante dos outros é a causa de seu alto índice de ciúme: se, por exemplo, o(a) companheiro(a) é extrovertido(a), na interpretação do ciumento, ele(a) pode estar dando em cima de alguém, se gosta de se vestir bem para ir trabalhar, quer provocar um colega ou o até mesmo o chefe. E por aí vai.

Chega um dia em que o outro percebe que não pode mais encontrar os amigos; usar um decote ou um batom vermelho e relacionar-se com as pessoas do trabalho. Aí, se dá conta, enfim, de que o ciúme extrapolou, tolhendo a liberdade individual.

É interessante notar que, durante as entrevistas clínicas, o discurso do ciumento excessivo, mesmo sendo carregado pelo medo da traição, é muitas vezes permeado por traições, ou tentativas de traição. Muitos defendem o pensamento de que a eles seria dado o direito de flertar com outras pessoas e, algumas vezes, até trair de fato, mas nem sequer cogitam que o mesmo possa ser feito pelo(a) parceiro(a).

## 2 – PERFIL CONTROLADOR E COMPORTAMENTO *STALKER*

"Por ciúme eu já a persegui, coloquei rastreador no carro, escutas no carro e no telefone e instalei um programa no computador para saber tudo o que ela faz por lá. Vivo com isso na cabeça: será que ela

## CIÚME EXCESSIVO

está saindo com outro? Me sinto descontrolado, refém desse sentimento". Ouvi este depoimento de um homem, Murilo, 55 anos, que buscou tratamento. E ele não está só.

Com medo de ser traído, o ciumento excessivo acaba usando todos os artifícios que tem em mãos na tentativa de controlar o parceiro, assim como delimitar completamente os seus sentimentos e comportamentos. Sempre alerta, passa a controlar os deslocamentos e intenções do outro na tentativa de precaver o encontro com eventuais rivais.[4] Adota rituais como checagens de objetos, roupas íntimas e telefonemas. Em casos extremos, o ciumento excessivo chega a colocar, como fez Murilo, GPS no carro da parceira e até contrata detetives para descobrir possíveis traições, mesmo que, novamente, não haja nenhum indício de infidelidade. Vale ressaltar que ele se sente culpado por tais comportamentos, mas não consegue abandoná-los. Acontecem, muitas vezes, por causa da impulsividade.

Vejamos outro caso: Priscila, 25 anos, me confessou que mexe nas coisas do marido diariamente, descobriu suas senhas de redes sociais e entra várias vezes por dia para saber com quem ele está conversando. Além disso, monitora suas entradas no WhatsApp para ver se ele está on-line conversando com outras pessoas – e não com ela.

---

4 Tarrier N, Beckett R, Harwood S, Bishay N. Morbid jealousy: a review and cognitive-behavioural formulation. Br J Psychiatry. 1990;157:319-26.
Michael A, Mirza S, Mirza KA, Babu VS, Vithayathil E. Morbid jealousy in alcoholism. Br J Psychiatry. 1995;167(5):668-72.
Marazziti D, Nasso E, Masala I, Baroni S, Abelli M, Mengali F, Rucci P. Normal and obsessional jealousy: a study of a population of young adults. Eur Psychiatry. 2003a; 18:106-11.
Marazziti D. ... e viveram ciumentos e felizes para sempre. Porto Alegre: Casa Editorial Luminara, 2009.

# AMOR PATOLÓGICO

As redes sociais facilitaram a nossa conexão com milhares de pessoas, o que é ótimo, mas trouxeram também muita insegurança para aqueles que são mais suscetíveis ao ciúme e, portanto, passaram a gastar muito tempo vasculhando a vida do(a) parceiro(a) nas plataformas. No Facebook, por exemplo, todos têm fácil acesso a informações sobre amigos e parceiros românticos e sexuais anteriores, o que cria condições para o reforço do ciúme, mesmo que não haja um fato que o motive. E é comum meus pacientes me confidenciarem que checam diversas vezes na semana se a rede de amizades do(a) parceiro(a) aumentou. Muitos, inclusive, pedem para o outro desfazer conexões que causam incômodo, mesmo sem justificativas plausíveis.

Para confirmar essa tendência, trago um estudo realizado com 308 estudantes usuários do Facebook, sendo 231 mulheres e 77 homens. Todos responderam a questionários sobre ciúme pela própria internet. De acordo com os resultados, os pesquisadores concluíram que, quanto maior o tempo gasto na rede social, maiores serão os sentimentos e comportamentos de ciúme apresentados pelos participantes. Segundo os autores, as mulheres apresentaram, ainda, maiores índices de ciúme nas escalas aplicadas quando comparadas com os homens.[5]

Além das redes de relacionamento pessoal, com as formas de trabalho tornando-se mais modernas e flexíveis, o uso de aplicativos de trocas de mensagens como WhatsApp tornou mais frequente conversas com chefes, colegas, parceiros e clientes. Essa facilidade, proveniente da comunicação rápida, também potencializa o comportamento *stalker* do ciumento excessivo. Ao ver que o parceiro despende tempo demais no

---

5 Muise A, Christofides E, Desmarais S. More information than you ever wanted: does Facebook bring out the green-eyed monster of jealousy? Cyberpsychol Behav. 2009;12(4):441-4.

computador ou celular, ele intensifica as buscas por provas, checando suas mensagens, e-mails, conversas e até o tempo que o(a) parceiro(a) mantém o *status* on-line. Alguns, inclusive, passaram a instalar programa espião no celular do outro para se certificar de que não será passado para trás. Algumas perguntas frequentes que o ciumento excessivo se faz diante do aplicativo são: "Por que ele(a) está on-line e não está falando comigo ou respondendo a minhas mensagens? Com quem ele(a) está trocando mensagens por tanto tempo?".

O comportamento *stalker* pode vir acompanhado de violência, sobretudo quando a vítima, após um rompimento, inicia uma nova relação. As mulheres perseguidas pelos *stalkers* são quatro vezes mais numerosas que os homens.[6] No filme *Paixão Obsessiva*, (*Unforgettable*, 2017, de Denise Di Novi)[7], Tessa descobre que o ex-marido está se relacionando com Julia, uma nova mulher, é tomada por um sentimento de loucura e traça um plano para sabotar o relacionamento dos dois. Tendo que dividir a guarda da filha com o ex-marido, ela passa a se aproximar de Julia, a vascularizar sua vida e a perseguir aquela que enxerga como rival. A consequência desse procedimento avança para uma série de violências.

## 3 – DIMINUIÇÃO DA VIDA SOCIAL

Outra característica marcante entre os ciumentos excessivos é a tendência a reduzir eventos sociais, contato com a família e amigos. Eles tendem a ter o comportamento de se isolar, o que afeta suas vidas sociais em diversos aspectos, desde o trabalho até o lazer, já que, ao

---

6  Marazziti D. ... e viverão ciumentos e felizes para sempre. Porto Alegre: Casa Editorial Luminara, 2009.
7  Di Novi, Denise. Paixão Obsessiva. EUA, 2017.

## AMOR PATOLÓGICO

tentarem prever e controlar situações que acreditam serem ameaçadoras, os ciumentos excessivos optam por não correr riscos. É comum eu ouvir dos meus pacientes: "Não vou ao aniversário porque pode ser que meu marido se interesse por alguém. Então, melhor ficarmos em casa assistindo a um filme". Ou, como vimos no primeiro item, usar discursos que responsabilizem o outro pelo isolamento: "Não vou porque ela não sabe se comportar. É muito dada". A situação torna-se ainda mais crônica quando até o conteúdo do filme é questionado pelo ciumento excessivo. Presenciei certa vez o caso de uma paciente que, com medo de que o namorado ficasse excitado ou inspirado por filmes, séries e, principalmente, programas de auditórios com mulheres de biquíni, rejeitou também o programa caseiro, a dois.

Vale ressaltar que, às vezes, o ciumento até deseja se encontrar com as pessoas (amigos e familiares), mas evita porque não admite que o(a) parceiro(a) faça o mesmo. Em muitos casos, acontece, inclusive, o afastamento da família. A pessoa para de visitar seus parentes porque está cem por cento/totalmente focada em seu relacionamento. Essa baixa adequação social que afeta, inclusive, a relação marital é defendida como falsa submissão pelos ciumentos. É comum justificar seu comportamento com frases como "estou zelando pelo nosso relacionamento".

É importante esclarecer que, apesar desses comportamentos adotados pelos ciumentos excessivos muitas vezes serem encarados pela sociedade como um sinal de imaturidade ou falta de conhecimento, o ciúme patológico não está associado à idade ou experiências de vida. Assim como a Sabrina, o grupo de ciumentos excessivos que participou da minha pesquisa tinha a média de idade de 39 anos, alto índice de escolaridade (37% deles têm curso superior), renda familiar de mais de seis mil reais e a maior parte dos participantes

(59,4%) morava com seus parceiros românticos. Lembrando que a pesquisa foi realizada num hospital público.

Portanto, estamos falando de uma amostra madura que desmistifica uma crença cultural de que o ciúme está relacionado à adolescência ou à falta de informação. No ambulatório recebemos, inclusive, pacientes com mais de 50 anos, como o caso de Murilo que acabamos de ver, sofredores de ciúme excessivo. Isso significa que a patologia está relacionada diretamente à emoção e às suas crenças, e não a um problema cognitivo ou à falta de maturidade.

### Relação entre ciúme e Transtorno Obsessivo Compulsivo

Alguns autores costumam associar também os comportamentos dos ciumentos excessivos com o Transtorno Obsessivo-Compulsivo (TOC).[8] Com esta associação, segundo artigo publicado pelos psicólogos Cobb & Marks[9], as ruminações de ciúme seriam os pensamentos obsessivos, e as buscas constantes por provas da infidelidade corresponderiam aos rituais compulsivos como os de verificação. Para o psicólogo Nicholas Tarrier, os frequentes pensamentos desagradáveis relacionados ao ciúme resultam, inclusive, em atitudes mais agres-

---

8   Torres AR, Ramos-Cerqueira ATA, Dias RS. O ciúme enquanto sintoma do transtorno obsessivo-compulsivo. Rev Bras Psiquiatr. 1999;21(3):165-73.
    Kingham M, Gorgon H. Aspects of morbid jealousy. Adv in Psychiatric Treatment. 2004; 10:207-15.
    Harris CR. The evolution of jealousy. Am Sci. 2004;92:62-71.
    Marazziti D. ... e viveram ciumentos e felizes para sempre. Porto Alegre: Casa Editorial Luminara, 2009.
9   Cobb JP, Marks IM. Morbid jealousy featuring as obsessive-compulsive neurosis: treatment by behavioural psychotherapy. Br J Psychiat. 1979;134:301-5.

sivas por busca de provas da infidelidade, como visitas surpresas ao trabalho acompanhadas de interrogatórios e acusações.[10]

Assim como em outros comportamentos compulsivos, o alívio da ansiedade não sacia o sofrimento. A necessidade de controlar os comportamentos e os pensamentos do parceiro equivale à necessidade de controle típica dos obsessivos. O medo de perder o parceiro é o maior temor e o que mais gera sofrimento, assim como o medo da perda de controle no TOC é um tema central.[11] Por isso, quando o parceiro confessa a traição, por não aguentar mais tantos questionamentos ou por realmente ter traído, essa confissão não traz alívio, mas sim mais interrogatórios aos indivíduos ciumentos.

Vários outros estudiosos defendem a associação do ciúme ao TOC. Uma pesquisa realizada na Itália com 400 universitários que responderam a um questionário sobre ciúme e sintomas obsessivos e compulsivos constatou que sujeitos com TOC apresentam pontuações maiores quando comparados aos sujeitos saudáveis. Entretanto, foi possível encontrar uma nova categoria, a qual eles chamaram de "sujeitos ciumentos saudáveis", formada por 10% da amostra. Estas pessoas tinham altos níveis de ciúme, porém, sem qualquer associação ao TOC ou a qualquer outra psicopatologia.[12]

Da amostra realizada na minha pesquisa, o percentual de pacientes com TOC não se demonstrou significativo. Apenas 6% apresentaram

---

10 Tarrier N, Beckett R, Harwood S, Bishay N. Morbid jealousy: a review and cognitive-behavioural formulation. Br J Psychiatry. 1990;157:319-26.
11 Torres AR, Ramos-Cerqueira ATA, Dias RS. O ciúme enquanto sintoma do transtorno obsessivo-compulsivo. Rev Bras Psiquiatr. 1999;21(3):165-73.
12 Marazziti D, Nasso E, Masala I, Baroni S, Abelli M, Mengali F, Rucci P. Normal and obsessional jealousy: a study of a population of young adults. Eur Psychiatry. 2003a; 18:106-11.

os sintomas de Transtorno Obsessivo-Compulsivo, o que não nos dá embasamento para tal associação direta.

**Recapitulando**

**Ciúme delirante – a versão extrema do ciúme excessivo**

Apesar dos ciumentos excessivos que descrevemos até aqui acreditarem cegamente que estão sendo ou serão traídos, mesmo sem fundamentos, é importante frisar que, ainda assim, eles são capazes de distinguir a realidade da fantasia. É por isso que, diante de suas atitudes exageradas e impulsivas, geralmente sentem-se culpados. Já nos casos extremos de ciúme excessivo, que chamamos de ciúme delirante, a pessoa perde o senso crítico da realidade e não consegue distingui-la da fantasia. São pessoas que não se sentem culpadas, nem envergonhadas diante de suas ações, pois acreditam fortemente que estão sendo traídas.

O delírio é uma representação da realidade desvirtuada que não se modifica e que não se consegue corrigir. Forma juízos patologicamente falsos. A pessoa é tomada por uma convicção extrema de uma ideia, além de uma certeza subjetiva e incomparável. Pode acontecer isoladamente ou com outras experiências de perseguição, sendo a sua causa desconhecida para o paciente.[13]

Para Freud, esse tipo de ciúme origina-se dos impulsos reprimidos no sentido da infidelidade. A pessoa tem a certeza de que é traída,

---

13 Freeman T. Psychoanalytical aspects of morbid jealousy in women. Br J Psychiatry. 1990;156:68-72.
Kingham M, Gorgon H. Aspects of morbid jealousy. Adv in Psychiatric Treatment. 2004; 10:207-15.

mesmo que os eventos e fatos expressem o contrário. Sua principal característica é a crença irremovível e não compartilhada com outras pessoas do mesmo contexto sociocultural, que não é passível de argumentação ou de convencimento da pessoa que sofre com o problema. Por isso, dizemos que não há a distinção entre realidade e fantasia. A partir daí, a acusação contra a pessoa amada e a busca por provas dessa infidelidade tornam-se constantes, levando inclusive à violência contra o(a) parceiro(a).[14]

Na identificação do ciúme excessivo, algumas características estão presentes, tais como:

**(1)** Gastar muito tempo preocupando-se com o ciúme e infidelidade do parceiro;

**(2)** Dificuldade em controlar e/ou interromper estas preocupações;

**(3)** Ter prejuízo acentuado em outras áreas de funcionamento (família, trabalho e amigos) por conta do ciúme no relacionamento;

**(4)** Tentar constantemente limitar a liberdade e controlar o(a) parceiro(a);

**(5)** Verificar, observar e checar os comportamentos e atividades do(a) parceiro(a);

**(6)** Agredir ou tentar agredi-lo(a) verbal (xingamentos) ou fisicamente (chutes, beliscões, socos);

**(7)** Intensos sentimentos de vergonha, culpa, arrependimento e tristeza ocasionados pelo ciúme.

---

14 Easton JA, Shackelford TK, Schipper LD. Delusional disorder-jealous type: how inclusive are the DSM-IV diagnostic criteria? J Clin Psychol. 2008;64(3):264-75.

# CIÚME EXCESSIVO

## Um caso de ciúme excessivo

*(Colaboração especial e gentil do psiquiatra Arthur Kaufman)*

### PRIMEIRO ENCONTRO INUSITADO

Entrada de um shopping bem movimentado.

— Olá, você é o Jorge?

— Não, sou o Geraldo. Serve?

— Ah, desculpe!

...

— Oi, você é o Jorge?

— Sou. E você, é a Regina?

— Não. Sou a Georgina!

— Ah, sim. Você mesma. Desculpe, troquei o nome. Vamos entrar?

— Vamos, claro. Tá muito calor aqui, não está?

— Ah, sim. Melhor procurar um lugar que tenha ar-condicionado, não é?

— Eu gostaria de comer um japonês. Você topa?

— Japonês?! Ahn, claro, topo.

Vão a um restaurante japonês elegante. Ela entra na frente, toda confiante. Ele segue atrás, parecendo um pouco acanhado. Sentam-se.

## AMOR PATOLÓGICO

O garçom traz toalhinhas quentes e o cardápio. Ela conhece todos os pratos. Ele olha aquelas páginas como se estivesse lendo em japonês. Na retaguarda, espera que ela tome a iniciativa de escolher os pratos.

— O que você vai querer, Jorge?

— Ah, eu gosto de tudo. Faço questão de que você escolha primeiro.

— Garçom, eu quero um saquê. Pode trazer um combinado completo, por favor.

O garçom faz uma mesura e sai. Ela abre o saquinho com a toalhinha quente e passa nas mãos, com delicadeza. Ele observa e segue o exemplo, embora não entendendo muito bem para que serve aquilo. O garçom volta rapidamente com o saquê. Jorge nunca foi a um restaurante japonês, estranha aquele copo quadrado, porém imita os gestos de Georgina. Acha a bebida agradável. Bebe o copo inteiro num gole e faz sinal de que deseja uma segunda dose.

— Pegou muito trânsito, Jorge?

— Ah, não. Eu moro aqui perto. Em Pinheiros. Vim rapidinho. E você?

— Também moro em Pinheiros. E de moto é tudo mais fácil.

— Você está vindo da academia?

— Como percebeu? Pelos meus cabelos molhados?

— É. Vejo seus cabelos úmidos e está sem maquiagem. Imaginei que devia estar treinando antes de vir pra cá.

— Verdade. Hoje é dia de aula de localizada. Eu adoro. Vou à academia todos os dias. Faço esteira, *spinning*, *step*, localizada, glúteos, alongamento e musculação. E você?

— Bom, dá pra ver que você está em forma. Tudo certo, tudo no lugar. Eu não consigo treinar, infelizmente. Sou advogado. É tanto processo, fórum, tribunal, petições, audiências.... Nem imagine quanto trabalho dá. Não sobra tempo pra treinar. Mas já me prometi que no ano que vem isso vai mudar.

— Eu também sou advogada, Jorge. Mas dou conta de tudo isso. Só que, pra mim, a atividade física é sagrada, é a minha religião. A academia é o meu templo.

— Neste ano, minhas únicas atividades físicas foram levantamento de talheres e levantamento de copo. Ha ha ha! Não sou disciplinado como você. E amo os prazeres da vida. Você mora sozinha?

— Já faz três anos que saí da casa dos meus pais. São muito controladores. Queriam saber tudo o que eu fazia, com quem saía, a que horas voltava etc. Não dá, né? Já tenho 32 anos, trabalho, ganho meu dinheiro, sou independente. Não aguento ficar dando satisfação pra papai e mamãe *(com ironia)*.

— Também moro sozinho, desde que me separei, há três anos. Tenho um filho de oito anos e uma filha de seis. Ficam comigo a cada dois finais de semana. Neste, agora, estou sozinho, estou livre.

O garçom chega e coloca a barca em cima da mesa. Jorge olha com desconfiança aquelas comidinhas. Seu negócio é feijoada, massa, churrasco. Georgina começa a comer com naturalidade. Ele se atra-

## AMOR PATOLÓGICO

palha com aqueles pauzinhos, fica meio incomodado, pede talheres. O garçom traz. Ele aproveita e pede uma terceira dose de saquê. Ela ainda está na primeira, quer se manter no controle da situação.

— Você não tem muita intimidade com os *hashi*, não é?

— Na verdade, nunca comi *hashi*. Vou ver hoje que gosto tem.

— *Hashi* é o nome dos pauzinhos, seu bobo!

— O nome dos pauzinhos não é sushi?

— Ha ha ha! Um gozador, né? Gosto de gente bem-humorada.

— Sou muito bem-humorado. Principalmente no restaurante. Só não tenho muita intimidade com comida oriental. Nunca comi nada cru. Mas vou experimentar. Só que preciso de mais uma dose dessa bebida. Vou pedir pro garçom.

— Cuidado! Ela sobe muito fácil. Você pode ficar bêbado com saquê.

— Pode deixar. Bebo qualquer coisa. Sou um *expert*. Nada me atinge.

— Bom, vamos ver. Não quero ter que te carregar pra casa.

— Sou um homem extremamente equilibrado, em todos os aspectos, Regina.

— Georgina! Você conhece bem alguma Regina?

— Se conheço! Minha ex-mulher. Ciumenta vinte cruzes. Não sei como consegui viver cinco longos anos com ela.

— Gente ciumenta é meio complicada. Eu também sou um pouco assim. Pra falar a verdade, sou muito. Muito mesmo, confesso.

## CIÚME EXCESSIVO

— Mas tão bonita, é ciumenta? Imagino que pode ter o namorado que quiser.

— Não é bem assim. Meu último namoro terminou por causa dos meus ciúmes. Eu sentia ciúme em todos os momentos, quando estava com ele, quando estava sem ele. Em todo lugar e a todo momento pensava que ele estava olhando outra mulher e que iria me trocar. Não tinha paz, e era tão absurdo, que já até pensava que ele poderia ter um caso com a minha irmã.

— Não acredito! Com sua própria irmã? Mas ele a olhava? Ela dava bola pra ele?

— Nada. Bola nenhuma. Só maluquice minha. Uma vez, estávamos numa reunião de família, e minha irmã foi na cozinha pegar um prato. Ele se levantou para pegar um copo de água. Naquele momento me bateu uma angústia e pensei: eles vão se pegar na cozinha! Não pensei duas vezes, levantei, fui atrás e fiquei atrás do balcão. Os dois me viram abaixada e escondida. Começaram a rir de mim, eu fiquei com muita vergonha. Não entendia por que pensei ou fiz aquilo, só sei que me senti, ainda, culpada e arrependida.

— Bom, pelo jeito você é uma pessoa muito desconfiada, certo? Fica procurando indícios em todo lugar, com todo mundo. Você não se acha legal? Bonita?

— Não é isso! Na hora, nem penso nessas coisas. Fico achando que qualquer mulher, qualquer periguete, é mais bonita, mais inteligente e mais interessante do que eu. Eu me sinto feia, burra, dispensável. Não é verdade. Mas, na hora, esqueço de tudo isso. Fico só imaginando que ele vai me trocar por qualquer uma.

## AMOR PATOLÓGICO

Até pela minha irmã, que nunca me trairia, tenho certeza! Você vê como tudo isso é irracional? Mas é um sofrimento danado! Você também é ciumento?

— Não. Mas minha ex-mulher é demais. Vivia me torturando com os ciúmes dela. Nunca teve dúvidas, acho, de que sou muito hétero. Só que, vira e mexe, cismava que eu podia inclusive me interessar por algum homem. Sentia-se até ridícula quando começava a mexer no meu celular procurando conversas com outras mulheres ou amigos. Tinha ciúme dos "memes" que eu recebia de mulheres no grupo do trabalho, e até me questionava: "É esse tipo de mulher que você gosta? Então pega as suas coisas e vai morar com ela, pelo menos assim você me deixa em paz logo".

— Credo! Desse jeito? Pior do que eu! Não posso acreditar.

— Investigava quem era a pessoa que enviou o meme, chegou até a mandar mensagem para uma pessoa dizendo: para de mandar esse tipo de meme para o Jorge, ele é casado, você não sabe disso?

— E como você se sentia, com essa maluquice toda?

— Péssimo! E não tinha argumento capaz de convencê-la do ridículo da situação. A gente não tem controle do que recebe em grupos de WhatsApp, ela também recebia conteúdo erótico ou fotos de homens, e via que não tinha nada demais. Mas, quando era eu que recebia, já se desesperava e começava a falar um monte de coisas. Chegou uma vez a gritar comigo no meio da rua, porque cismou que eu estava olhando para uma mulher parada no semáforo enquanto atravessávamos na faixa de pedestre.

# CIÚME EXCESSIVO

— Nossa, que baixaria! Como você aguentava tudo isso? Não ficava com vergonha alheia? Não tinha vontade de meter a mão nela?

— Vai pensando! Uma vez pegou uma conversa no celular com a minha chefe do escritório, eu tinha mandado *emoticon* de beijinho, ela questionou o porquê de eu mandar esse emoticon, eu disse que não tinha nada a ver e que era comum, ela falou: comum o cacete. E jogou meu celular na parede. Depois, juntou as minhas roupas e me mandou embora. Quando eu estava saindo de casa, veio implorar para eu não ir. Disse que tudo era coisa da cabeça dela e que ia mudar. Até tentou se controlar, mas isso durava um ou dois dias, depois voltava tudo.

— Sei como é. Às vezes, eu também caía nessa. Confesso que fazia coisas parecidas. E ele ficava tão puto comigo, vivia ameaçando ir embora e eu chorava, batia nele, arranhava o rosto dele. E não o deixava ir embora.

— Quando não me mandava embora, ela tentava pagar com a "mesma moeda", começava a enviar "memes" que recebia em grupos de amigos em comum em que ambos estávamos, para ver se eu sentia ciúme. Mas eu ria e dizia: já até sei por que você está fazendo isso, está com ciúme de quem agora, Regina? Eu sei que ela me amava, e no fundo tinha certeza de que eu não a traía, mas não conseguia se controlar.

— Vingança boba, não é? Queria que você experimentasse do seu próprio veneno. Só que não tinha veneno nenhum. Esse é um dos dramas dos ciumentos, talvez o pior. A gente fica fazendo cenas dentro da cabeça. Depois quer se vingar, quer revidar. E a relação vai piorando, até chegar num nível insustentável. Esse tipo de ciúme é um verdadeiro veneno pra qualquer relacionamento. Até em situações que são apenas de amizade.

— É isso mesmo. A pessoa não se acha suficientemente importante ou interessante pro outro. E aí começa a controlar a vida do parceiro. Onde estava? Com quem? Sobre o que falavam? Falaram alguma coisa de mim?

— Está gostando da comida?

— Estou, sim. Mas é bem esquisita, na minha opinião. Não estou acostumado com comida crua. Nem com peixe, gosto é de carne vermelha. Peixe e frango não é comigo, meu negócio é picanha e filé mignon.

— Sua ex devia ter um medo enorme de perder você, não é?

— Tinha, sim. Cada vez que aparecia uma mulher bonita por perto, seja no restaurante, seja no shopping, ela já me beliscava se achasse que eu estava olhando. Eu até olhava, às vezes, a beleza chama mesmo a atenção. Não é sinal de traição. Como ela não confiava em si mesma, era mais fácil pra cabeça dela não acreditar na minha palavra. E investigar todas as minhas conversas, principalmente com mulheres. Como ficar com alguém que não confia em mim?

— Ouvindo você falar, não posso deixar de concordar, Jorge. Mas é muito difícil. Meu namorado tinha uma paciência danada, comigo. Gastava um tempão tentando me provar que não era um traidor. Na hora, eu acreditava. Nem tinha tempo pra me trair, trabalhava demais. Mas era só ele sair de perto, as desconfianças voltavam. Onde será que ele está? Com quem? Será que está transando com alguma vizinha? Com alguma cliente?

— Você não procurou uma terapia?

# CIÚME EXCESSIVO

— Procurei, sim. Ia lá toda semana. Fazia muita autocrítica. Meu terapeuta procurava me mostrar minhas qualidades profissionais, minha forma física, o número de seguidores que eu tenho no Instagram. Fiquei lá por alguns meses. Melhorei bastante... não voltei às sessões depois das férias, não sei o porquê.

— Não sabe, né? Muito curioso! Eu e a Regina fizemos alguns meses de terapia de casal. As sessões eram ótimas, passávamos alguns períodos numa paz relativa. O sexo até melhorava, sabe? Até me surgir no escritório uma cliente nova, uma verdadeira diva. Acho que a Regina tinha algum tipo de combinação com a minha secretária, que informava a ela toda vez que aparecia uma mulher bonita. Acabei desistindo da terapia de casal.

— Entendo o que você está falando, Jorge. É normal uma pessoa ter prazer de sair com amigas e amigos, é saudável. Não é obrigatório levar o parceiro. Mas eu me sentia tão solitária, tão excluída quando ele fazia isso. Você não pode imaginar! Na verdade, me vinha à cabeça um romance que tive há muitos anos, em que eu era muito mais apaixonada que o cara. Confiava bastante nele. Até que descobri que me botava chifre direto. Eu me senti uma palhaça. Minha mãe sempre me disse que homem não presta, que eu não devia confiar em nenhum. Acho que esse conceito ficou implantado na minha cabeça...

— Garçom, por favor, traz a conta!

# V.
# PERSONALIDADE, TEMPERAMENTO E CARÁTER DOS CIUMENTOS EXCESSIVOS

Você já deve ter visto ou vivenciado cenas em que a pessoa achou que o(a) parceiro(a) estava flertando com alguém numa festa e partiu, sem racionalizar, para a agressão física ou moral. Certo? Isso acontece com frequência com os ciumentos excessivos porque uma das características marcantes de sua personalidade é a impulsividade, acompanhada de agressividade. Diante de uma suposta provocação, as primeiras ações são a autodefesa e a proteção à pessoa amada. Eles não racionalizam no calor da emoção, simplesmente agem. E, depois de terem exagerado na dose, vem o sentimento de culpa, de raiva e tristeza. Apesar da vergonha momentânea, o ciumento excessivo continua acreditando que está certo e voltará a ter outras crises como essa e a expor o outro e a própria relação à humilhação.

## CIÚME EXCESSIVO

Durante o meu estudo, e nos atendimentos que realizo no ambulatório, constatei que é comum os ciumentos relatarem terem consciência de que não deveriam reagir de forma exagerada. Em geral, eles utilizam frases como: "Eu deveria me segurar, mas não consigo" ou "Eu não quero ser feito de idiota. Por isso, tenho que agir".

A impulsividade dos indivíduos com ciúme excessivo superou a dos sujeitos saudáveis nos três aspectos analisados: mostraram-se mais desatentos e com baixa capacidade de controle motor e de planejamento. Isso significa que não conseguem focar no que realmente está acontecendo e, influenciados pelo estresse, são tomados pela hiperatividade.

Além disso, essa impulsividade vem acompanhada de agressividade: o grupo de ciumentos excessivos apresentou, durante o estudo, pontuações mais elevadas do que o grupo saudável em todas as suas subescalas. Durante a autoavaliação, os ciumentos se perceberam muito mais agressivos numa escala que vai de "tranquilo" até "com raiva". No geral, eles se mostraram mais provocativos, furiosos, impacientes, rancorosos, não contidos e sempre prontos para a briga. Essa agressividade aparece clinicamente em formato de violência física e moral, com xingamentos e acusações.

Costumo dizer que o ciumento excessivo parece estar sempre numa grande competição – ele, o(a) parceiro(a) e o(a) rival – e sempre faz tudo para sair vitorioso. Cabe ressaltar que a grande competição não é com o(a) parceiro(a) em si, mas com o(a) rival. O ciumento preocupa-se em ser melhor, mais querido e desejado do que o rival – este julgado como aquele que tem todas as qualidades e desejos percebidos pelo ciumento, em sua maioria, como extremamente atrativos.

## AMOR PATOLÓGICO

E por falar em competição, veio-me à lembrança o filme *Touro Indomável*.[1] O clássico retrata a história do boxeador Jake LaMotta (interpretado com maestria por Robert De Niro), que vê sua carreira desmoronar por conta de seu ciúme excessivo pela esposa. Impulsivo e extremamente agressivo, ele desconta todas as suas angústias em seus adversários no ringue. Além de acabar com seu casamento, LaMotta rompe relações com o irmão por acreditar cegamente que ele mantém um caso com sua mulher.

Os ciumentos excessivos são, portanto, sempre tomados pela emoção exagerada. Não à toa, costumamos dizer que o ciúme cega. Houve uma novela chamada *Mulheres Apaixonadas*[2], de Manoel Carlos, em que a personagem Heloísa, interpretada por Giulia Gam, personificou esta característica. Sem ter provas de infidelidade, Heloísa convivia com um ciúme doentio pelo marido, Sérgio, papel de Marcello Antony. Logo nos primeiros capítulos, podemos observar sinais da patologia, mas é no decorrer da trama que a obsessão e possessividade da personagem vêm acompanhadas da impulsividade e da agressividade. Características que prejudicam o relacionamento do casal. Para ela, todas as mulheres representam uma ameaça e seus impulsos fazem com que suas reações sejam sempre exacerbadas. Durante todo o enredo, nos deparamos com a falta de controle da personagem, que constantemente provocava cenas constrangedoras. O caso se torna tão grave que ela recebe a recomendação da irmã para frequentar um grupo de apoio.

---

1 Touro Indomável, Martín Scorsese. EUA, 1980.
2 Mulheres Apaixonadas, Manoel Carlos. Brasil, 2003.

# CIÚME EXCESSIVO

## Aventureiros, mas nem tanto

O ciumento, da mesma forma que a maioria das pessoas saudáveis, também quer se relacionar amorosamente com outra pessoa, vivenciar experiências românticas e aventuras a dois. O seu temperamento é caracterizado pelo que chamamos de busca por novidades, um perfil curioso, com alta excitabilidade exploratória. Porém, ao mesmo tempo em que o ciumento excessivo se mostra aventureiro, ele tem medo de se machucar e de se envolver, e, por isso, age com cautela para não gerar nenhum dano a si próprio. Costumamos chamar tal atitude de esquiva ao dano. Por isso, para que haja essa conexão com o outro, precisa confiar muito. Seu comportamento paradoxal é fruto do seu pessimismo, insegurança, descuido e medo de sofrimento físico ou emocional.[3]

Um exemplo prático para entendermos melhor essas características presentes em seu temperamento é a analogia com o hipocondríaco. As pessoas que sofrem dessa obsessão realizam as suas tarefas, mas o tempo todo acreditam que irão contrair ou já contraíram uma doença. O mesmo acontece com o ciumento: ele se envolve em um relacionamento, mas sempre com muito medo de ser passado para trás.

O temperamento do ciumento excessivo está, portanto, relacionado a um padrão neurótico de personalidade.

## Convívio com baixa autoestima

As constantes dúvidas que ocupam os pensamentos e as ações em todos os momentos da vida dos ciumentos excessivos fazem com que

---

3  Rydell RJ, Bringle RG. Differentiating reactive and suspicious jealousy. Soc Behav Person. 2007;35(8):1099-114.

se tornem indivíduos com baixíssima autoestima, baixa tolerância, compaixão e empatia pelo outro. A falta de confiança e a insegurança impedem também que eles se reconheçam como indivíduos autônomos e reduzem sua capacidade de estabelecer e lutar por metas.

Na prática, os ciumentos querem pessoas fazendo mais por eles do que eles se doam, mostrando-se como indivíduos que querem ser servidos e que, mais uma vez, enxergam o outro como posse, seu objeto. Um comportamento que se assemelha ao do egoísta.

Veja o caso da Paula, 35 anos, autônoma. Considerada uma mulher atraente, ela estava num relacionamento há mais ou menos três anos, no qual sofria abuso físico e emocional. Sua baixa autoestima não a deixava sair do relacionamento. Relatava constantemente que não poderia encontrar uma pessoa melhor, apesar de todos os "defeitos" do parceiro. Ela também o agredia com frequência. Até mesmo quando sonhava estar sendo traída, acabava machucando o companheiro.

# VI. COMO AS RELAÇÕES NA INFÂNCIA INFLUENCIAM OS RELACIONAMENTOS ROMÂNTICOS

Como observamos nos casos de amor patológico, a maior causa do excesso de cuidado e preocupação com o outro é o medo do abandono. Já para os ciumentos excessivos, o receio de ser traído, mesmo sem ter fatos e provas concretas, é a sua principal obsessão.

Em ambos os casos, os relacionamentos amorosos mantidos na vida adulta são frutos de vínculos emocionais e da relação afetiva que as pessoas mantiveram no passado para suprir as necessidades durante a infância. A partir da relação com nossos pais e cuidadores, aprendemos desde cedo a nos relacionar com o mundo e a desenvolver um modelo interior de representação de nós e do outro e, futuramente, do relacionamento íntimo.

# CIÚME EXCESSIVO

O vínculo, ou apego, como é chamado pelo psicanalista John Bowlby, criador da *Teoria do Apego*[1], está diretamente relacionado ao amor patológico e ao ciúme excessivo. Trata-se de um mecanismo para manter os relacionamentos ativados a partir da separação ou de ameaça de separação, os quais envolvem emoções básicas de medo, raiva e tristeza.

Essa teoria apresenta três tipos de apego: seguro, rejeitador e ansioso-ambivalente. Segundo pesquisadores, todos eles são preditores dos tipos de apego na vida adulta e podem ser alterados ao longo do tempo.

### Apego Seguro:

> *"Eu me sinto segura para me relacionar afetivamente. Me considero uma pessoa independente, autoconfiante e positiva. Em geral, meus relacionamentos são saudáveis e sólidos."*

Quando, na infância, os pais estiveram disponíveis emocionalmente à criança para ajudá-la e protegê-la em situações estressantes, na vida adulta, as pessoas que vivenciaram esse apego seguro, segundo Bowlby, tornam-se capazes de desfrutar de um amor saudável. Essa segurança desenvolvida no início da vida afetiva influenciará positivamente suas crenças e atitudes relacionadas ao amor romântico e, consequentemente, à satisfação, ao comprometimento e à estabilidade conjugal.[2]

---

1 Bowlby J. Apego: a natureza do vínculo. São Paulo: Martins Fontes; 1990.
Bowlby J. Attachment and Loss: Attachment. v.1. New York: Basic Books; 1969.
Bowlby J. The making and Breaking of Affectional Bonds. London: Tavistock; 1979.
2 Sharpsteen DJ, Kirkpatrick LA. Romantic jealousy and adult romantic attachment. Pers Proc Indiv Diff. 1997;72(3):627-40.

## AMOR PATOLÓGICO

Pessoas com este tipo de apego aceitam com mais facilidade a possibilidade de o relacionamento ser algo temporário, passível de término, que pode, porém, ser construído e melhorado no dia a dia, superando as divergências.[3]

O apego seguro está associado, portanto, à menor intensidade de ciúme, menores sentimentos de angústia, medo, raiva, vergonha e culpa e ao maior sentimento de segurança, autocontrole e autoestima. Quando pessoas classificadas neste tipo de apego sentem ciúme, elas geralmente direcionam a raiva diretamente ao(à) parceiro(a), com o objetivo de manter ou, talvez, melhorar o relacionamento.

**Apego Rejeitador:**

*"Me sinto sempre na defensiva e, quando noto que serei rejeitada, me antecipo para não sofrer. Sou ciumenta e crio falsas independências."*

Quando um bebê ou uma criança, por outro lado, convive constantemente com a rejeição por parte dos pais e/ou cuidadores, a falta de confiança e a incerteza sobre se ele receberá ajuda quando precisar criarão, futuramente, no adulto, uma postura de autossuficiência.

Viver de forma independente – ou pseudoindependente – sem buscar amor e a ajuda dos outros é a principal característica daqueles

---

3 Öner B. Factors predicting future time orientation for romantic relationships with the opposite sex. J Psychol. 2001;135(4):430-8.
Sophia EC, Tavares H, Berti M, Pereira AP, Lorena A, Mello C, Gorenstein C, Zilberman ML. Pathological Love: impulsivity, personality, and romantic relationship. CNS Spectr. 2009;14(5):268-74.

## CIÚME EXCESSIVO

que apresentam o <u>apego rejeitador</u>. Eles agem como se fossem ser ignorados ou abandonados a qualquer momento. Por isso, evitam se relacionar com outras pessoas por muito tempo e não buscam suporte social ao descobrirem a existência de um rival. Preferem terminar o relacionamento antes que alguém os machuquem, sendo acometidos por um enorme sentimento de tristeza, além de terem que se esforçar para manter a autoestima.

Para contextualizá-los, costumo dar como exemplo aquele tipo de pessoa que, quando vê que a relação está extremamente prazerosa e harmoniosa, liga para a amiga para dizer que não vai dar certo porque está tudo muito perfeito.

### Apego ansioso-ambivalente:

*"Vivo questionando os meus valores, minhas habilidades e as minhas relações. Me sinto insegura com frequência e sou extremamente ciumenta."*

Os psicólogos Sharpsteen e Kirkpatrick desenvolveram um estudo com 69 mulheres e 44 homens para relacionar os tipos de apego ao ciúme romântico. Eles verificaram que as pessoas com apego ansioso-ambivalente são as que apresentaram alto índice de ciúme.

Este tipo de apego também foi predominante em meu estudo tanto nos indivíduos com ciúme excessivo (53%) quanto no grupo de amor patológico (57%). Justifica-se por serem pessoas mais inseguras consigo mesmas e por se preocuparem muito com seus relacio-

## AMOR PATOLÓGICO

namentos amorosos. As pessoas que se percebem mais envolvidas no relacionamento do que os(as) parceiros(as) vivenciam ciúmes com maior frequência e intensidade, os quais são característicos do apego ansioso-ambivalente.[4]

No geral, elas mantêm relações afetivas marcadas por dúvidas e pela insegurança: "Será que ele vai me dar carinho?", "Será que ela voltará da viagem a trabalho direto para casa?". Esse comportamento é decorrente de experiências na infância, nas quais a criança ora recebeu atenção e ajuda, ora não. Por isso, elas têm medo de serem abandonadas e costumam enxergar os outros como mais importantes, sentindo-se inferiores e, portanto, mais vulneráveis à baixa autoestima. Logo, precisam estar sempre alertas com os parceiros e com o seu relacionamento e, consequentemente, fazem de tudo para controlar o(a) outro(a).[5]

Vale ressaltar, ainda, que, apesar do apego ansioso-ambivalente prevalecer entre os ciumentos excessivos, o estudo mostrou uma porcentagem expressiva também de ciumentos com o tipo rejeitador de apego (37%). Este tipo está ligado à valorização de si e inferiorização dos outros (modelo negativo dos outros), ou seja, baixa dependência e alta evitação do outro. Dados do estudo da psiquiatra Donatella Marazziti apontam que sujeitos com apego rejeitador apresentam menor autoestima e maior medo de perder o relacionamento.[6]

---

4 Sharpsteen DJ., Kirkpatrick LA. Romantic jealousy and adult romantic attachment. Pers Proc Indiv Diff. 1997;72(3):627-40.
5 Hazan C, Shaver P. Conceptualizing romantic love as an attachment process. J Pers Soc Psych. 1987; 29:270-80.
Sharpsteen DJ, Kirkpatrick LA. Romantic jealousy and adult romantic attachment. Pers Proc Indiv Diff. 1997;72(3):627-40.
6 Marazziti D, Consoli G, Albanese F, Laquidara E, Baroni S, Dell'Osso MC. Romantic attachment and subtypes/dimensions of jealousy. Clin Pract Epidemiol Ment Health. 2010b; 6: 53-8.

# CIÚME EXCESSIVO

Essa teoria é bastante interessante porque faz, durante as sessões de terapia, a pessoa repensar as suas relações amorosas do ponto de vista das experiências do passado que nem sempre se tornam conscientes na vida adulta.

## Históricos de abusos na infância

Diferentemente das pessoas que mantêm relacionamentos amorosos saudáveis, enquadrando-se, portanto, no estilo de apego seguro, aqueles com amor patológico e ciúme excessivo apresentaram, durante o meu estudo, maior incidência de abusos na infância.

Comparados aos sujeitos saudáveis, os ciumentos excessivos apresentaram maior incidência de abuso emocional. São aqueles casos em que a criança convive com discursos negativos e derrotistas a respeito de si. Põe em dúvida suas capacidades, habilidades e até a forma física. Outra constatação é que alguns desses indivíduos sofreram também abuso físico ou emocional e o que sabemos é que todos esses casos de abuso geram na vida adulta a dificuldade de manter relacionamentos amorosos por falta de confiança no outro.

Já as pessoas que convivem com o amor patológico apresentaram altos índices de negligência emocional na infância, isto é, quando os pais exigem dos filhos comportamentos não correspondentes aos de uma criança e, portanto, tal experiência acaba sendo reproduzida na vida adulta. São pessoas que se entendem autossuficientes e que devem cuidar de si sozinhas. Ainda, a negligência emocional pode acontecer pela falta de demonstração de amor e carinho, ou ainda, falta de regras e disciplina.

## AMOR PATOLÓGICO

Observo bastante nos meus atendimentos que muitas mulheres não mencionam seus filhos nos primeiros encontros, entrando no assunto apenas quando perguntadas. Isso mostra que o foco no parceiro é tão exacerbado e sério que os filhos ficam em segundo plano, o que muitas vezes pode, inclusive, colocá-los em situações de risco, como aconteceu com Paloma, casada, 33 anos. Ela me relatou que ficou dedicada durante duas horas a resolver um problema da fatura do cartão de crédito do parceiro, e acabou se esquecendo do seu bebê. Quando se deu conta, a criança estava chorando exaustivamente de fome e tinha a fralda suja.

Muitas vezes, os amantes patológicos já vêm de uma família disfuncional e, hoje, agem de acordo com as experiências que vivenciaram. É comum, ao longo do processo terapêutico, eles afirmarem que passaram a enxergar que adotavam comportamentos não saudáveis iguais a de seus pais e que ligaram o alerta no modo como estavam criando os seus filhos, mostrando-se preocupadas, portanto, em romper um padrão familiar não satisfatório.

Em ambos os casos – ciúme excessivo e amor patológico –, constatamos que as pessoas que convivem com as dores do amor romântico apresentam maior dificuldade de manter relacionamentos amorosos e, quando encontram no outro alguma forma de proteção, apegam-se de forma não saudável, enxergando o amado como único e insubstituível. Fazem de tudo para não perder o que enxergam como sua posse, comportando-se de forma exagerada.

# VII.

# HOMENS X MULHERES:
## QUEM É MAIS CIUMENTO?

Muitas são as discussões sobre o fator causador e sobre os impactos do ciúme nos homens e nas mulheres. Ao longo da história, duas correntes de pensamento são utilizadas por estudiosos para analisar as diferenças e similaridades entre os gêneros: a psicologia evolucionista e a teoria social cognitiva.[1] A primei-

---

1   Harris CR. A Review of sex differences in sexual jealousy, including self-report data, psychophysiological responses, interpersonal violence, and morbid jealousy. Personaloity and Social Psycholohy Review. 2003a;7:102-28.
Harris CR. Factors associated with jealousy over real and imagined infidelity : an examination of the social-cognitive and evolutionary psychology perspectives. Psychology of Women Quartely. 2003b;27:319-29.
Buss DM. Sexual and emotional infidelity: evolved gender differences in jealousy prove robust and replicable. Perspectives on Psychological Science. 2018;13(2):155-60.
Buss DM, Larsen RJ, Westen D, Semmelroth J. Sex differences in jealousy: evolution, physiology, and psychology. Psychological Science. 1992; 3(4):251-6.

## CIÚME EXCESSIVO

ra vertente aponta que há dois tipos de ciúme: sexual (o receio da parceira envolver-se sexualmente com outra pessoa seria uma característica predominantemente masculina) e o ciúme emocional (a preocupação com a criação de um forte vínculo entre o parceiro e a rival seria uma preocupação feminina).

A segunda corrente, teoria social cognitiva, defende que as causas geradoras do ciúme são individuais, independem do gênero, e se baseiam no contexto social, nas experiências, formas e ambientes de criação pessoais. O rival, neste caso, é percebido como uma ameaça ao *self* (autoconceito, autoestima e outras representações de si) e ao relacionamento. Desta forma, o ciúme estaria mais relacionado, portanto, a processos de aprendizagem social e cognitiva.

Vou me ater, neste capítulo, à psicologia evolucionista, base de outro estudo que realizei: *Contribuição do gênero, apego e estilos de amor nos tipos de ciúme*, minha tese de doutorado apresentada na Faculdade de Medicina da Universidade de São Paulo. Nesse trabalho, realizei um estudo exploratório inédito no Brasil. Assim como fiz ao comparar pessoas saudáveis com ciumentos excessivos e amantes patológicos, analisarei os estilos de amor e as experiências da infância.

Para David Buss, psicólogo evolucionista, o ciúme romântico seria uma resposta adaptativa e antecipatória decorrente da evolução das espécies. Nela, diferentes desafios e acontecimentos vividos por nossos ancestrais conduziram a uma resposta automática como meio de proteção à reprodução e à prole. Segundo essa corrente, os homens tiveram que encarar a incerteza da paternidade e, consequentemente, tornaram-se mais vulneráveis ao ciúme sexual, uma vez que não poderiam dispender recursos e tempo à criação de filhos que não fossem seus. Por outro lado, a mulher nunca enfrentou um problema adaptativo da incerteza da maternidade e sempre soube que o filho que carregava possuía seus genes. Sua condição garantia apoio e recursos (financeiros/comida e atencionais) na criação de seus dependentes, até mesmo sofrendo o abandono do parceiro. Logo, desenvolveu maior sensibilidade ao ciúme emocional, que funcionaria como uma maneira de proteger o relacionamento de possíveis rivais.[2]

Apesar de ocorrerem mais de 300 citações sobre as diferenças de gênero no ciúme, ainda não existe um consenso sobre elas, em razão da metodologia utilizada para explicá-las. A maior parte dos estudos que usaram o método da escolha-forçada (na qual o indivíduo deve escolher entre dois cenários o que mais o perturba: ciúme sexual ou emocional) verificou diferenças entre os gêneros.[3] No entanto,

---

[2] Easton JA, Schipper LD, Shackelford TK. Morbid jealousy from an evolutionary psychological perspective. Evolution and Human Behavior. 2007;28:399-402.
Sagarin BJ, Martin AL, Coutinho SA, Edlund JE, Patel L, Skowronski JJ, Zengel B. Sex differences in jealousy: a meta-analytic examination. Evolution and Human Behavior. 2012;33(6):595-614.
Bendixen M, Kennair LEO, Buss DM. Jealousy: evidence of strong sex differences using both forced choice and continuous measure paradigms. Personality and Individual Differences. 2015;86:212-6.
Yamamoto ME, Valentova JV. (orgs.) Leitão MBP, Hatton WT (Trad). Manual de Psicologia Evolucionista. Natal: Edufrn; 2018.
[3] Buss DM, Larsen RJ, Westen D, Semmelroth J. Sex differences in jealousy: evolution, physiology, and psychology. Psychological Science. 1992; 3(4):251-6.
Sagarin BJ, Guadagno RE. Sex differences in the contexts of extreme jealousy. Personal Relationships. 2004;11:319-28.
Edlund JE, Sagarin BJ. Sex differences in jealousy : Misinterpretation of nonsignificant results as refuting the theory. Personal Relationships. 2009;16(1):67-78.

alguns estudos que empregaram medidas contínuas não encontraram tais discrepâncias.[4] Outro fator que vale ressaltar é que a tese sugerida pela psicologia evolucionista vem sendo estudada, em sua maior parte, fora do Brasil, e com uma amostragem de pessoas da comunidade, principalmente estudantes de graduação, que não necessariamente apresentam sintomas de ciúme excessivo.

Na prática, o que observo no cotidiano em meu consultório e no ambulatório é que todos nós estamos suscetíveis tanto ao ciúme emocional, quanto ao sexual, mas o primeiro é mais evidente nas mulheres. Ao longo dos meus 15 anos de trabalho com esta temática, já presenciei diversos casos de mulheres independentes financeiramente

---

3 Treger S, Sprecher S. The influences of sociosexuality and attachment style on reactions to emotional versus sexual infidelity. Journal of Sex Research. 2011;48(5):413-22.
Bendixen M, Kennair LEO, Buss DM. Jealousy: evidence of strong sex differences using both forced choice and continuous measure paradigms. Personality and Individual Differences. 2015;86:212-6.
Martínez-León NC, Peña JJ, Salazar H, García A, Sierra JC. A systematic review of romantic jealousy in relationship. Terapia Psicológica. 2017;35(2):195-204.
Buss DM. Sexual and emotional infidelity: evolved gender differences in jealousy prove robust and replicable. Perspectives on Psychological Science. 2018;13(2):155-60.

4 DeSteno D, Bartlett MY, Braverman J, Salovey P. Sex differences in jealousy: Evolutionary mechanism or artifact of measurement? Journal of Personality and Social Psychology. 2002;83(5):1103-16.
Harris CR. A Review of sex differences in sexual jealousy, including self-report data, psychophysiological responses, interpersonal violence, and morbid jealousy. Personaloity and Social Psycholohy Review. 2003a;7:102-28.
Green MC, Sabini J. Gender, socioeconomic status, age, and jealousy: emotional responses to infidelity in a national sample. Emotion. 2006;6(2):330-4.
Sagarin BJ, Martin AL, Coutinho SA, Edlund JE, Patel L, Skowronski JJ, Zengel B. Sex differences in jealousy: a meta-analytic examination. Evolution and Human Behavior. 2012;33(6):595-614.

## AMOR PATOLÓGICO

que afirmaram, diante de uma traição do parceiro, acreditar que foi um fato isolado e que, portanto, não aconteceria mais: "Ele disse que foi só uma noite e reforçou que gosta de mim". Elas também demonstraram mais o receio de serem abandonadas. Alguns estudos, inclusive, mostraram que, mesmo em sociedades mais igualitárias, como as predominantes em países nórdicos, em que as mulheres têm muito mais voz, é predominante entre elas o ciúme emocional.

Já os homens chegam se queixando de uma possível traição da companheira e querem descobrir detalhes, como o local e forma de atuação. Além disso, utilizam frases como "Eu dei tudo para ela", "Olha a casa que eu comprei", demonstrando preocupação com questões materiais, em demonstrações que acusam a parceira de ingratidão, isto é, sentem-se injustiçados. É comum também eles se mostrarem desconfortáveis com as amizades, roupas, jeito e, até mesmo, com o tempo que a mulher passa no trabalho.

O que mais escuto de ambos, na mesma proporção, são frases como: "Não quero fazer papel de trouxa". Mostram que tanto os homens quanto as mulheres tentam prever o movimento do objeto de amor.

A psiquiatra italiana Donatella Marazziti analisou 245 questionários de participantes de uma pesquisa que conduziu para identificar as principais características do ciúme. Foi pedido aos homens e às mulheres que prestassem atenção ao ciúme ligado à relação sexual. Para Donatella, ficou evidente que as mulheres estavam mais preocupadas com a possibilidade de perder o parceiro, enquanto os homens se mostravam tentados a descobrir a identidade do outro e seus atrativos. Porém, sua conclusão foi que as preocupações ligadas ao ciúme de ambos os gêneros hoje "não parecem muito mudadas em relação

# CIÚME EXCESSIVO

àquelas de Adão e Eva". O que demonstra, segundo Donatella, que "o ciúme é uma emoção estreitamente ligada à nossa humanidade mais autêntica e profunda".[5]

Para aprofundar essas discussões sobre as diferenças de gêneros em relação ao tipo de ciúme, realizei o estudo exploratório que comentei no início deste capítulo, contemplando apenas indivíduos que procuraram tratamento para ciúme excessivo no setor de Amor e Ciúme Patológicos do PRO-AMITI. Trata-se, portanto, do primeiro estudo conduzido em amostra clínica de ciumentos excessivos, que contou com a participação de 90 pessoas, 36 homens e 54 mulheres. Meu objetivo era comparar as características sociodemográficas, transtornos psiquiátricos e uso de serviços de saúde mental, tipos de ciúme, tipos de apego, estilos de amor, personalidade, traumas infantis e ajustamento social. Utilizei ambos os métodos: escolha-forçada e medida contínua.

No primeiro método, os participantes foram expostos a afirmativas correspondentes aos dois tipos de ciúme – sexual e emocional – e deveriam escolher aquelas que mais lhe causavam incômodo. Para contextualizar sobre as questões às quais os participantes deveriam responder, trago, a seguir, três exemplos de situações guiadas a partir de uma única pergunta: "O que iria te perturbar ou chatear mais?":

**1) (a)** Imaginar seu/sua parceiro(a) tentando diferentes posições sexuais com outra pessoa.

**(b)** Imaginar seu/sua parceiro(a) apaixonando-se por outra pessoa.

---

5 Marazziti D. ... e viveram ciumentos e felizes para sempre. Porto Alegre: Casa Editorial Luminara, 2009.

# AMOR PATOLÓGICO

2) **(a)** Seu/sua parceiro(a) mostra uma intensa ligação emocional com uma antiga paixão.

   **(b)** Seu/sua parceiro(a) se diverte numa relação sexual apaixonada com uma antiga paixão.

3) **(a)** Imaginar seu/sua parceiro(a) formando uma profunda ligação emocional (mas, não um relacionamento sexual) com outra pessoa.

   **(b)** Imaginar seu/sua parceiro(a) desfrutando de uma relação sexual, mas não se tornando emocionalmente ligado(a) com outra pessoa.

No segundo método, de medida contínua, eles deveriam elencar o que sentiam diante de cenários eliciadores de ciúme em uma escala de 1 (não incomodado/chateado) a 7 (muitíssimo incomodado/chateado). Novamente, trago exemplos das questões.

1. "Eu vejo meu(minha) parceiro(a) flertando com outra(o) mulher(homem)."

2. "Outro(a) homem(mulher) dá um abraço apertado na(no) minha(meu) parceira(o)."

3. "Eu vejo meu(minha) parceiro(a) dançando com outra(o) mulher(homem)."

# CIÚME EXCESSIVO

O tipo de ciúme sexual foi escolhido, no primeiro método, como o mais angustiante e incômodo por 69,4% dos homens, enquanto, para as mulheres, o tipo de ciúme mais perturbador foi o emocional: escolhido por quase 89% delas. Apesar dessa forte predominância, elas também se mostraram incomodadas com o ciúme sexual, o que confirma indiretamente a hipótese evolucionista.

Essa diferença entre os gêneros diminuiu drasticamente, assim como em diversos estudos publicados mundo afora, nos cenários com pontuação contínua, na qual foi encontrada apenas uma diferença percentual entre os grupos no cenário que versa sobre ciúme emocional. Ainda assim, é correto afirmar que, entre as pessoas com ciúme excessivo, o ciúme emocional foi pontuado como o pior tipo pelas mulheres, gênero também que, segundo a minha experiência no Hospital das Clínicas, é o que mais busca por tratamento para a patologia.

É importante frisar, no entanto, que essa diferença entre homens e mulheres em relação ao ciúme sexual e emocional faz parte de um contexto predominante até nos dias atuais e não está relacionada a uma questão genética, sim cultural e social.

## Características marcantes que diferenciam o ciúme excessivo entre homens e mulheres

Dados importantes coletados no meu estudo ajudam-nos a entender as principais características existentes entre homens e mulheres que buscaram tratamento no ambulatório para ciúme excessivo. Em resumo, comparadas aos homens, as mulheres apresentam uma chance mais de 30 vezes maior de ciúme do tipo emocional e três vezes a probabilidade de se estressarem com um possível vínculo emocional entre o parceiro e outra pessoa.

Além disso, elas apresentaram um índice mais expressivo de transtornos ansiosos e depressivos (72%) comparadas aos homens (33%), maior incidência do ciúme tipo obsessivo — marcado por pensamentos e sentimentos repetitivos sobre a infidelidade do parceiro. Por isso, revelaram-se mais inseguras, pessimistas, sugerindo um traço neurótico de personalidade e a predominância do apego rejeitador. O quadro delas faz com que ajam como se estivessem na iminência do abandono pelo parceiro. Esse cenário representa não somente a sua relação amorosa estar abalada, mas também sua vida social, principalmente nos aspectos profissionais e na vida familiar — conforme apontado nos resultados do estudo. Apesar de as dificuldades de conciliação do trabalho com outros papéis sociais serem um desafio da mulher moderna e, provavelmente, não específico das mulheres com ciúme excessivo, as dificuldades de relacionamento familiar chamaram bastante atenção. Revelaram que, provavelmente, elas contam menos com suporte imediato para lidar com seus problemas conjugais e emocionais.

Os homens, por sua vez, demonstraram-se mais confiantes e com a autoestima mais elevada. Numa relação amorosa, eles valorizaram mais o erotismo saudável, destoando das mulheres, que apresentaram baixos índices nesses quesitos. A valorização dada comprova, segundo a psicologia evolucionista, que os homens são mais engajados no jogo da sedução. Dão maior ênfase à atratividade e à vitalidade da parceira, o que justificaria o seu maior incômodo com o tipo de ciúme sexual. Esse dado é bastante relevante do ponto de vista clínico: talvez as mulheres em tratamento por ciúme excessivo necessitem resgatar mais o erotismo nas relações amorosas para se sentirem mais seguras, elevarem a autoestima e, assim, adquirirem melhor controle sobre o ciúme.

Apesar de existirem tais diferenças, o estudo mostrou que ambos os gêneros carregam altos índices de traumas ocorridos na infância. As mulheres apontaram, inclusive, maior ocorrência de abuso emocional e sexual. Mas devemos considerar que, de maneira geral, elas apresentam maior probabilidade de relatar histórico de abuso ou agressão sexual do que os homens.[6]

### Ciúme emocional torna os indivíduos mais vulneráveis

Podemos concluir, portanto, que o ciúme emocional, presente em maior parte nas mulheres, demonstra mais vulnerabilidade dos pontos de vista psicológico e psiquiátrico, em comparação com o ciúme predominantemente sexual. A maior ocorrência do transtorno depressivo impacta diretamente a vida do indivíduo e deve ser considerada na construção de futuros tratamentos efetivos para o ciúme excessivo.

É interessante notar também que indivíduos do grupo de ciúme emocional incomodaram-se com uma variedade maior de cenários hipotéticos de infidelidade, incluindo os dois principais (emocional e sexual). Em contrapartida, os indivíduos do grupo de ciúme sexual incomodaram-se, particularmente, com os cenários sexuais. O incômodo sugere que os ciumentos emocionais apresentam uma intensidade de ciúme muito maior, preocupando-se excessivamente tanto com o envolvimento emocional quanto sexual do(a) parceiro(a).

---

6  Tucci AM, Kerr-Corrêa F, Souza-Formigoni MLO. Childhood trauma in substance use disorder and depression: An analysis by gender among a Brazilian clinical sample. Child Abuse and Neglect. 2010;34(2):95-104.

# VIII.

# CIÚME, ANSIEDADE E DEPRESSÃO: O QUE VEIO PRIMEIRO?

Os principais danos emocionais para a qualidade de vida daqueles com ciúme excessivo são os altos níveis de ansiedade e depressão gerados por constantes dúvidas, suspeitas e inseguranças que eles mantêm sobre si e sobre o relacionamento. Os sintomas psicopatológicos podem surgir ao longo da relação amorosa ou serem exacerbados no caso daqueles que já possuem tendência ao estado depressivo e ansioso.[1]

Para comparar o nível de ansiedade entre sujeitos saudáveis e ciumentos excessivos, utilizei um questio-

---

1  Gable, S. L., & Impett, E. A. (2012). Approach and avoidance motives and close relationships. Social and Personality Psychology Compass, 6(1), 95–108. https://doi.org/10.1111/j.1751-9004.2011.00405.x

## CIÚME EXCESSIVO

nário de autoavaliação para verificar a presença de traços ansiosos. Os participantes deveriam classificar 20 afirmações em uma escala que varia de "quase sempre", "frequentemente", "às vezes" a "quase nunca". Enquanto os sujeitos saudáveis tiveram uma pontuação em torno de 31, os ciumentos excessivos apresentaram a média de 57. Vale ressaltar também que os sintomas ansiosos geralmente são anteriores à ocorrência das situações provocadoras do ciúme e estão associados diretamente com transtornos psiquiátricos.

Em relação aos sintomas depressivos, quando submetidos a um questionário contendo 21 itens, os ciumentos excessivos apresentaram altíssimo nível, com uma pontuação média de 24 em comparação com as pessoas saudáveis, que tiveram a média de 4,2 na escala. Ou seja, seis vezes maior.

Na maioria dos casos, a busca para tratar de ciúme excessivo não foi imediata. É interessante observar também que 47% das pessoas que entraram para o ambulatório atrás desse tipo de ajuda já apresentavam quadro depressivo. É importante destacar que quase 70% do grupo já tinha procurado tratamento psiquiátrico anteriormente em outros serviços de saúde mental.

Dificilmente as pessoas buscam apoio por estarem "sofrendo de problemas no relacionamento amoroso" ou por "dores de amor", mas sim para identificar a causa de sintomas como letargia, a dificuldade de sair da cama, a falta de apetite, de vontade de trabalhar e de se relacionar com as pessoas, provenientes de casos de depressão. O primeiro movimento que elas fazem, portanto, é buscar tratamento para suas queixas aparentes, com médicos de diferentes áreas relacionadas. Comportamentos que acusam ter e que as impedem de usufruir de uma boa qualidade de vida.

## AMOR PATOLÓGICO

Por isso, costumo dizer que nem sempre é fácil saber quem veio primeiro, se foi o ciúme que causou a depressão ou o contrário. O que posso afirmar é que, quando as pessoas iniciam o tratamento psicoterapêutico, observam uma melhora geral, tanto nos sintomas depressivos quanto no nível de ciúme. A mudança significa que a depressão pode ter sido gerada pelo fato da pessoa não se sentir querida e amada, com menos valia, e por passar boa parte do tempo achando que está sendo traída. Como consequência, ela perde o interesse em viver e o interesse pelas coisas que a rodeavam. A baixa autoestima e o desânimo impedem-nas de seguir em frente e o julgamento de que o futuro será sempre catastrófico alastra-se. Trata-se de uma verdadeira bola de neve. Não são raros, também, os casos de depressão e ansiedade virem acompanhados de transtorno do pânico, agorafobia, fobias, TOC e casos de transtorno de estresse pós-traumático.

Muitas vezes, inclusive, a dor torna-se tão insuportável que alguns pacientes afirmam que preferem nem estar mais no relacionamento, optando muitas vezes por ficarem sozinhos para não sofrerem com o ciúme. Essa vulnerabilidade leva a uma condição extrema de depressão, na qual os ciumentos excessivos passam a enxergar que a morte parece ser uma opção. Eis um dado alarmante: 50% das pessoas que sofrem de ciúme excessivo já tentaram o suicídio alguma vez. E não estamos falando de atos suicidas extremos em que a pessoa tenta acabar com a própria vida de forma direta, mas de casos em que elas tentam facilitar a morte de alguma maneira, como dirigir embriagadas, abusar de drogas, entre outros, colocando-se em situações de perigo porque já não se preocupam com a vida.

# IX. RELAÇÕES (NÃO) SATISFATÓRIAS) PARA A VIDA TODA

Quando nos envolvemos amorosamente com outra pessoa, desejamos construir uma relação harmônica e saudável, que nos traga afeto e cumplicidade. E o relacionamento saudável, aquele que satisfaz ambas as partes, é composto pela comunicação assertiva, escuta empática, tolerância e respeito mútuo. Por isso, para as pessoas que lidam com o amor de forma prazerosa, manter um relacionamento com desconfiança e o medo constante da traição ou do abandono pode parecer uma contradição. Porém, para as pessoas com ciúme excessivo e amor patológico parece não ser. Mas não significa que vivenciam a vida a dois de forma satisfatória. Longe disso.

# CIÚME EXCESSIVO

Grande parte do grupo de amor patológico que participou do meu estudo não estava envolvida num relacionamento amoroso, enquanto a maioria dos ciumentos excessivos estava. Essa é uma diferença que aparece bastante nos meus atendimentos clínicos. O que noto é que, no caso das pessoas com amor patológico, o tolhimento da liberdade do outro provoca uma sensação de sufocamento constante. Estimula também discursos melancólicos para justificar o excesso de zelo. Esses fatores são os grandes responsáveis por tornar pior grande parte da relação marital das pessoas deste grupo, inclusive quando comparadas aos ciumentos excessivos. O que não é difícil de entender: enquanto os ciumentos excessivos planejam formas de investigar possíveis traições – muitas vezes sem o parceiro se dar conta –, aquele que convive com o amor patológico não teria como esconder o excesso de cuidado e o vício na relação a dois. Logo, se mantém mais exposto. Tal fato comprova que quem ama demais mantém o comportamento patológico, apesar de ter consciência do quanto isso prejudica a vida pessoal e relacional.[1]

Quando os pacientes de amor patológico chegam ao meu consultório ou ao ambulatório, geralmente a abordagem inicial é: "Eu preciso de ajuda para retomar o meu relacionamento". E eles desejam isso porque, quando se vinculam, tendem a sustentar o seu amor com firmeza. E, como vimos, por acharem que serão sempre abandonados, tentam controlar aquilo que passaram a considerar o seu verdadeiro porto seguro, a razão do seu viver. Muitos deles sujeitam-se a uma posição submissa na relação, suportando e perdoando, inclusive, diversas traições e/ou maus-tratos do parceiro. E

---

1  Sophia EC, Tavares H, Berti M, Pereira AP, Lorena A, Mello C, Gorenstein C, Zilberman ML. Pathological Love: impulsivity, personality, and romantic relationship. CNS Spectr. 2009;14(5):268-74.

## AMOR PATOLÓGICO

nem sequer pensam na possibilidade de dar o troco. O importante para os amantes patológicos é se manter numa relação amorosa mesmo sem receber atenção. Por isso, continuam ali do lado, na expectativa de que um dia o outro mudará e, enfim, ambos poderão viver um relacionamento satisfatório.

Quando o barco começa a afundar, aqueles que amam demais não conseguem lidar assertivamente com a ameaça de naufrágio. Sentem-se angustiados e tristes ao extremo. Foi o que aconteceu com o casal Clementine e Joel, interpretados por Kate Winslet e Jim Carrey, no filme *Brilho eterno de uma mente sem lembranças*.[2] A relação do casal não era das melhores. Ambos demonstravam baixa autoestima e apego excessivo ao outro. E quando o relacionamento termina, a impulsiva Clementine resolve adotar um procedimento duvidoso para apagar as memórias de tudo o que viveu ao lado do amado. Incapacitado de superar essa dor, Joel decide ir pelo mesmo caminho, apesar de incerto de sua decisão. Gosto muito da forma conceitual como o filme fala sobre a dor que sentimos quando terminamos um relacionamento amoroso e queremos fazer de tudo para esquecê-lo. No fim, chega-se à conclusão de que não podemos apagar as nossas lembranças do amor perdido, pois também levará embora todas as outras, inclusive, de quem nós somos. Resta-nos, portanto, ressignificar as lembranças.

Já os ciumentos excessivos tendem a ficar mais no relacionamento, mesmo sabendo que o ciúme é um fator de diminuição da satisfação, mas jamais perdoarão uma traição. Seus relacionamentos tendem

---

2  Brilho eterno de uma mente sem lembranças, Michel Gondry. EUA, 2004.

# CIÚME EXCESSIVO

a ser preservados, principalmente quando a relação entre o casal é longa.[3] Um estudo bastante interessante realizado com 266 estudantes de graduação da Universidade Middle East Technical, nos Estados Unidos, mostrou que, enquanto as pessoas menos ciumentas enxergam que uma relação saudável é construída diariamente, portanto passível de término, os ciumentos excessivos planejam suas relações, mantêm mais expectativas futuras, fazendo planos em conjunto. O futuro planejado (em geral, incerto) acaba elevando o grau de ciúme e gerando menor satisfação no relacionamento.[4]

Esse cenário insatisfatório pode perdurar por décadas, já que, ao contrário do que se espera, mesmo o relacionamento demonstrando-se sólido, a insegurança do ciumento não dá trégua. Com o passar do tempo, a pessoa que convive com o ciúme excessivo costuma criar fantasias porque não acredita que aquele relacionamento é fixo e maduro – não representa para ela, necessariamente, um porto seguro. E como os casais se tornam mais interdependentes ao longo do tempo, as ameaças ao relacionamento produzem fortes sentimentos e expressões de ciúme.[5]

Diante de um possível término, o ciumento tem a sensação de que nunca mais vai se recuperar e, portanto, vê-se incapaz de se relacionar com outra pessoa.

---

3  Öner B. Factors predicting future time orientation for romantic relationships with the opposite sex. J Psychol. 2001;135(4):430-8.
4  Öner B. Factors predicting future time orientation for romantic relationships with the opposite sex. J Psychol. 2001;135(4):430-8.
5  Aune KS, Comstock J. Effect of relationship length on the experience, expression, and perceived appropriateness of jealousy. J Soc Psychol.1997;137(1):23-31.

## Ciumentos excessivos e relações sexuais

Outro agravante da insatisfação conjugal dos ciumentos excessivos é o problema associado à relação sexual do casal. É comum que as pessoas com essa patologia mantenham a intimidade com o outro para, mais uma vez, tentar manter o controle da situação. Elas acreditam que, desta forma, estão prevenindo uma possível falta de interesse do parceiro e, consequentemente, uma possível traição.

As relações sexuais, no entanto, não estão livres dos pensamentos distorcidos característicos dos ciumentos excessivos. Em muitos casos que atendo, percebo que a entrega ao parceiro e ao prazer é interrompida constantemente por comparações mentais e pela busca por vestígios de relações anteriores: "Será que ele já fez desse jeito com outras?", "Será que sou melhor do que as outras mulheres na cama?" e assim por diante. Basta surgir uma novidade proposta pelo(a) parceiro(a), para o ciumento só pensar em descobrir onde o outro aprendeu aquilo. Como consequência, as suposições não fundamentadas entram novamente em cena, dando espaço para mais situações constrangedoras e desgastes na relação.

Apesar de ambos manterem relações insatisfatórias, essas diferenças precisam ser levadas em consideração já que potencialmente influenciarão o tipo de vínculo que será estabelecido entre o paciente com ciúme excessivo e/ou amor patológico e seu terapeuta.

# CIÚME EXCESSIVO

**Autoconfiança – o princípio de uma relação satisfatória**

A segurança e a confiança no(a) parceiro(a) e na relação são fundamentais para um relacionamento amoroso satisfatório e sem medo. E não há como nos sentirmos dessa forma se não confiarmos, primeiramente, em nós mesmas(os).

Portanto, proponho que faça uma pausa para que reflitamos sobre cinco questões referentes ao papel de uma pessoa na relação amorosa:

O quanto está confiando em você mesma(o)?

Confia que está dando o seu melhor nesse relacionamento?

Quanto está se doando de forma saudável e sem medo nesse relacionamento?

Acredita que tem plenas condições de encontrar outra pessoa, caso o relacionamento atual termine?

# X. COMO DISTINGUIR AMOR PATOLÓGICO DE CIÚME EXCESSIVO

O ciúme excessivo e o amor patológico são dores do amor que cada vez mais acometem homens e mulheres. Distinguir as patologias não é uma tarefa tão fácil. Até o presente momento, não há dados definitivos na literatura que permitam a clara diferenciação da natureza psicopatológica entre ciúme excessivo e amor patológico.

Como já vimos, os ciumentos costumam se queixar mais do medo da suposta traição. O medo leva-os a usar todos os artifícios que têm em mãos na tentativa de controlar o(a) parceiro(a). Já as pessoas com amor patológico queixam-se mais frequentemente do medo do abandono e, por isso, mantêm o parceiro como sua prioridade, anulando-se com frequência. E, sim, aqueles que amam demais apresentam uma

## CIÚME EXCESSIVO

intensidade de ciúme tão alta quanto a das pessoas que sofrem de ciúme excessivo. Na minha pesquisa, a amostra de indivíduos com amor patológico teve uma pontuação de 87 na escala que utilizei, enquanto o ponto de corte é de 43. Portanto, ambos são extremamente ciumentos e a quantidade de ciúme não é uma característica que possa diferenciá-los.

A posse, a obsessão e o ciúme marcam o estilo de amor *Mania*, predominante em ambos os grupos. Vale ressaltar, ainda, que os indivíduos com amor patológico apresentam também tendência ao estilo de amor *Ágape*, aquele em que predomina a preocupação excessiva com o outro, que justifica a sensação de sufoco provocada no parceiro.

É interessante observar que, em ambos os casos, o tempo é gasto em excesso com preocupações acerca do outro. Enquanto os ciumentos excessivos ocupam a maior parte do seu dia procurando provas de infidelidade, as pessoas com amor patológico ocupam-se pensando se podem ser úteis de alguma forma para ajudar/cuidar do parceiro e até mesmo como podem desempenhar suas atividades. Isso mostra que ambas as patologias românticas são caracterizadas por pensamentos distorcidos que provocam em seus "sofredores" um comportamento impulsivo.

Outra característica comum entre os ciumentos excessivos e os que convivem com o amor patológico está nos altos índices de transtorno depressivo e tendência ao suicídio, porém, o último grupo apresenta, ainda, uma taxa maior de vulnerabilidade para a depressão. Enquanto 47% dos indivíduos do primeiro grupo apresentaram tal transtorno, como já vimos, 64% das pessoas que sofrem de amor patológico foram acometidas pelos sintomas depressivos.

Os dois grupos também apresentaram baixa adequação social e qualidade de vida ruim. Enquanto as pessoas com amor patológico cos-

## AMOR PATOLÓGICO

tumam abandonar outras atividades e pessoas antes valorizadas, em função do relacionamento patológico[1], o ciumento excessivo tende a limitar a vida do sujeito e do casal, privando-os de atividades sociais, pois procuram evitar situações provocadoras de ciúme.[2]

Apesar de ambos apresentarem as características neuróticas, como o baixo autodirecionamento, baixa autoestima, baixa cooperatividade e alta impulsividade, os que sofrem de amor patológico apresentaram, ainda, tendência ao estado melancólico, caracterizado pelo abatimento físico e mental, em contraponto à agressividade do ciumento excessivo. Eles jamais machucarão o seu objeto de amor, preferindo sofrer do que fazer mal ao(à) seu(sua) parceiro(a). Este comportamento afasta-os de atos de violência. Também são muito mais dependentes emocionalmente do(a) parceiro(a), podendo ser comparados aos dependentes químicos.

Uma pesquisa realizada pela psicóloga Sophia e seus colegas[3] com 50 indivíduos com amor patológico e 39 sem patologia psiquiátrica concluiu que as pessoas que amam demais são altamente impulsivas e tendem a manter relacionamentos amorosos mesmo que sejam insatisfatórios, característica similar à dos ciumentos excessivos, como já observado.

---

1 Sophia EC, Tavares H, Zilberman ML. Amor patológico: um novo transtorno psiquiátrico. Rev Bras Psiquiatr. 2007;29(1):55-62.
2 White G; Mullen PE. Jealousy: theory, research, and clinical strategies. New York: The Guilford Press; 1989.
Torres AR, Ramos-Cerqueira ATA, Dias RS. O ciúme enquanto sintoma do transtorno obsessivo-compulsivo. Rev Bras Psiquiatr. 1999;21(3):165-73.
Marazziti D. ... e viveram ciumentos e felizes para sempre. Porto Alegre: Casa Editorial Luminara, 2009.
3 Sophia EC, Tavares H, Berti M, Pereira AP, Lorena A, Mello C, Gorenstein C, Zilberman ML. Pathological Love: impulsivity, personality, and romantic relationship. CNS Spectr. 2009;14(5):268-74.

## CIÚME EXCESSIVO

Uma pergunta que me fazem com frequência é se o ciúme excessivo e o amor patológico podem acometer a mesma pessoa. A resposta é sim. No seriado *Por trás dos seus olhos*[4], James, interpretado por Jason Clarke, dedica sua vida a cuidar da esposa, Gina, que perdeu a visão na infância. Ao longo do enredo, percebemos que esse zelo por ela passa a ser uma forma de controle e, quando a esposa retoma a visão e descobre um mundo novo a sua volta, James desespera-se a ponto de querer interromper o tratamento dela. Neste caso, podemos observar características de amor patológico *(eu cuido de você para poder te controlar e você ficar comigo)* e ciúme excessivo *(você só pode ser minha)*.

Essa não é uma regra. O que ficou evidente com os avanços dos estudos na área de psicologia e com a minha pesquisa é que ambas as dores do amor trazem graves consequências para a vida do casal e para o indivíduo que sofre com a patologia. Portanto, reconhecer-se dentro do cenário de medo exacerbado de uma traição, sem clareza de uma ameaça, ou de abandono, mantendo o relacionamento a qualquer custo, é o primeiro passo para a procura de um tratamento adequado.

**Características que diferem as patologias românticas:**

| Amor patológico | Ciúme excessivo |
| --- | --- |
| Medo do abandono. | Medo da traição. |
| Perdoa traição e maus-tratos. | Não perdoa infidelidade. |
| Dedica muito tempo para agradar o parceiro. | Passa horas vasculhando os pertences do parceiro. |
| Anulação frequente. | Desconfiança frequente. |
| É melancólico. | É agressivo e impaciente. |

---

4  Por trás dos seus olhos, Marc Forster. EUA, 2016.

# XI.

# SUICÍDIO NOS RELACIONAMENTOS AMOROSOS

A Organização Mundial da Saúde (OMS) afirma que o suicídio continua sendo uma das principais causas de morte em todo o mundo. Em 2019, mais de 700 mil pessoas perderam a vida dessa forma. Representa uma em cada 100 mortes.[1] Porém, ainda segundo a OMS, 90% dessas mortes poderiam ser evitadas.

Ainda que não haja dados que representem a taxa de suicídio causada pelas dores do amor, o ciúme e a perda do(a) parceiro(a) são eventos tão estressores que podem levar ao ato, ainda mais se associados aos sintomas depressivos. Falar sobre a seriedade do ciúme e as suas consequências é uma forma de prevenção e de tratamento.

---

1 https://news.un.org/pt/story/2021/06/1753992

# CIÚME EXCESSIVO

Por isso, eu gostaria de retomar uma informação relevante que apontei no Capítulo VIII: 50% dos ciumentos excessivos que participaram do meu estudo de doutorado *Contribuição do gênero, apego e estilos de amor nos tipos de ciúme* afirmaram já terem tentado o suicídio pelo menos uma vez na vida, o que nos mostra a gravidade dos pacientes que buscam tratamento para a patologia.

Outros estudos que associam a relação entre o comportamento suicida e o ciúme excessivo mostram que comportamentos exacerbados e obsessivos direcionados a provar a infidelidade do(a) parceiro(a) podem levar ao maior risco de agressão contra o outro e contra si. A razão para isso estaria relacionada a dois principais pensamentos que atormentam os ciumentos: acharem seu comportamento de ciúme inadequado e considerarem que não serão capazes de aguentar ver o parceiro com outra pessoa.[2]

## "Não aguento mais esse ciúme. A única forma de acabar com ele é morrer"

O motivo que leva tanto as mulheres quanto os homens ciumentos a pensarem em desistir da vida se dá porque ambos não conseguem suportar a dor ou a angústia de passar horas a fio pensando e investigando uma possível traição do(a) parceiro(a). Como vimos, além deste comportamento excessivo causar transtornos psiquiátricos como a depressão e a ansiedade, os ciumentos convivem diariamen-

---

[2] Tarrier N, Beckett R, Harwood S, Bishay N. Morbid jealousy: a review and cognitive-behavioural formulation. Br J Psychiatry. 1990;157:319-26.
Cynkier P. Pathological jealousy from forensic psychiatric perspective. Psychiatr Pol. 2018;52(5):903-14.

te com os sentimentos de culpa e vergonha, além de serem extremamente impulsivos.

No caso das mulheres, como citei no capítulo VII, esses transtornos psiquiátricos provenientes do ciúme excessivo são ainda maiores em comparação com os dos homens. Motivam o pensamento de que o suicídio é "o melhor caminho para acabar com o sofrimento". É importante ressaltar que tanto as mulheres ciumentas patológicas e aquelas que convivem com parceiros ciumentos excessivos apresentam maior risco para o suicídio quando comparadas aos homens. Os principais fatores desencadeantes estariam associados a interações do(a) parceiro(a) com uma terceira pessoa do outro sexo e ao fato de trabalharem longe do(a) companheiro(a). A distância, nesse caso, acarreta a redução de encontros.[3]

Além dos exemplos extremos de tentativas de suicídio, o que observo nesses anos de experiência tratando pacientes com ciúme excessivo é que muitos passam a se arriscar mais, a adotar posturas imprudentes. Chamamos tais atitudes de "comportamentos para-suicidas". No meu estudo, 43,7% dos ciumentos afirmaram apresentar tal comportamento, caracterizado por facilitar a morte, como dirigir com descuido ou andar sozinho(a) por ruas perigosas. A imprudência acontece porque seus pensamentos distorcidos giram em torno de afirmações como "Se eu for atropelada(o) e morrer, acabo logo com este sofrimento" ou "Se eu bater o carro por dirigir embriagado(a), essa história se encurta". A partir daí, essas pessoas passam a viver

---

[3] Singh SK, Bhandari SS, Singh PK. Phenomenology and predisposing factors of morbid jealousy in a psychiatric outdoor: a cross-sectional, descriptive study. Open J Psychiatry Allied Sci. 2017;8(2):129-35.

## CIÚME EXCESSIVO

perigosamente e a se colocar em situações em que as consequências podem ser fatais.

Outro fator que leva os ciumentos excessivos a pensarem na possibilidade de tirar a própria vida está relacionado a um possível término do relacionamento amoroso. Diante da perda do outro, o ciumento tem a sensação de que nunca mais vai se recuperar e se vê incapaz de se relacionar com outra pessoa. Como consequência, passa a não acreditar mais em sua existência individual, em sua capacidade de superação diante de tamanho sofrimento.

Muitas vezes, esse sentimento de incapacidade leva também a outro tipo de tragédia que muitas vezes é noticiado pela mídia: o homicídio seguido pelo suicídio. Além de não conseguirem lidar com a própria dor, alguns ciumentos excessivos afirmam que, se o parceiro não ficará com ele, não ficará com mais ninguém. Portanto, tornam-se os protagonistas da tragédia "Eu tiro a vida do outro e depois eu morro".

Na peça *Otelo – O Mouro de Veneza*[4], escrita por William Shakespeare, Otelo é envolvido numa intriga para fazê-lo acreditar que está sendo traído por sua bela esposa, Desdêmona. Possuído pelo ciúme excessivo, ele asfixia a mulher e, diante da dor de descobrir que suas desconfianças eram infundadas, tira a própria vida. O clássico de Shakespeare batiza, inclusive, a "Síndrome de Otelo", caracterizada pelo ciúme delirante que pode levar à violência contra o outro e contra si próprio, além de ser permeado por pensamentos incontestáveis acerca da infidelidade do(a) parceiro(a).

---

4   Shakespeare W. Otelo, o mouro de Veneza. Melhoramentos, 1956.

## AMOR PATOLÓGICO

**"Prefiro morrer a ficar sem ele(a). Minha vida não tem sentido se não estiver com ele(a)"**

*Romeu e Julieta*[5], outra obra de Shakespeare, associa o amor com a dor e o sofrimento. O final dessa história todos nós já conhecemos: diante da angústia de não poderem desfrutar o amor, o casal decide colocar fim à tristeza de forma trágica: tirar as próprias vidas.

Goethe também abordou o final trágico de uma história de amor em seu livro *Os sofrimentos do jovem Werther*, escrito em 1774. Werther se apaixona por Charlotte, mas não pode vivenciar a relação amorosa porque a jovem foi prometida a outro homem. Por achar que a sua vida só tem sentido com a amada, ele decide cometer o suicídio com uma arma de fogo. A obra provocou uma enorme onda de suicídios na Europa e esse fenômeno ficou conhecido como *Efeito Werther*.[6]

Assim como os personagens centrais desses dois clássicos da literatura, as pessoas que convivem com o amor patológico acreditam que a vida só vale a pena se estiverem ao lado daquela que consideram a sua cara metade, seu amor para a vida inteira, insubstituível. Lembra que falamos sobre a autotranscedência como uma das principais características daqueles que amam demais? Esse tipo de pensamento é um bom exemplo dessa característica.

Ao tornarem o objeto de amor o seu maior objetivo de vida, os amantes patológicos não conseguem lidar assertivamente com a ameaça do aban-

---

5 Shakespeare W. Romeu e Julieta. Editora Globo, 1947.
6 Stravogiannis AL, Sanches CC. Amor, ciúme e suicídio: crimes passionais. In: Compreendendo o suicídio. Editores Rodolfo Furlan Damiano... [et al.] – 1.ed. Santana de Parnaíba [SP]: Manole, 2021, pg. 155-163.

dono, sendo tomados pela angústia e por uma tristeza permanente. Diante desse quadro, passam a considerar a morte como a salvação para seu estado crítico de sofrimento. O quadro vem, geralmente, acompanhado por sintomas depressivos com as características melancólicas vistas anteriormente, o que abate a pessoa tanto emocional quanto fisicamente.

Devido a essas características e à dependência constante do(a) parceiro(a), as pessoas com amor patológico são ainda mais suscetíveis a pensar em suicídio do que os ciumentos excessivos. No meu estudo de mestrado, constatei que 30% das pessoas pertencentes ao grupo de amor patológico já tentaram tirar a própria vida ao menos uma vez em decorrência da perda do parceiro amado. A probabilidade de cometer o suicídio após o rompimento aumenta conforme o nível de conexão com o relacionamento e de acordo com os sintomas depressivos apresentados pelo paciente.[7]

Outros estudos mostraram, ainda, que a taxa de suicídio entre os divorciados é maior do que na população em geral. Dentro deste cenário, os homens apresentam oito vezes mais chances de cometerem suicídio quando comparados com mulheres divorciadas. Um dos principais fatores que podem explicar essa diferença está ligado à crença de que, para a masculinidade saudável, ser bom pai, marido, provedor e ter o controle da relação são itens essenciais. Portanto, quando para de acontecer, a masculinidade fica comprometida e dá lugar a sentimentos de vergonha que podem levar ao suicídio.[8]

---

7   Love HA, Nalbone DP, Hecker LL, Sweeney KA, Dharnidharka P. Suicidal risk following the termination of romantic relationships. Crisis. 2018;39(3):166-74.
8   Scourfield J, Rhiannon E. Why might men be more at risk of suicide after a relationship breakdown? Sociological Insights. Am J Men's Health. 2015;9(5):380-4.

## AMOR PATOLÓGICO

No decorrer do livro, falamos que o indivíduo com amor patológico deseja manter o seu relacionamento amoroso, mesmo considerando-o insatisfatório. Esse fator, segundo um estudo realizado na Áustria com 382 indivíduos, também pode ser considerado um agravante para a predisposição suicida. Entram também nas considerações manter questões não resolvidas com o(a) parceiro(a), além dos sintomas depressivos e sentimentos de falta de esperança.[9] O agravamento acontece porque manter-se em relações a dois marcadas por brigas e rompimentos constantes aumenta a chance da ocorrência de pensamentos e comportamentos suicidas.[10]

Outra referência importante que associa o amor patológico ao alto índice de suicídio foi a análise de 56 cartas escritas por pessoas que tiraram a própria vida. O estudo constatou que problemas amorosos foram mais mencionados do que problemas escolares e laborais em qualquer idade.[11]

São dados alarmantes sobre a relação entre as patologias amorosas e o suicídio. Devem ser levados em consideração no tratamento. O objetivo é impedir que ações extremas sejam tomadas pela impulsividade e pela incapacidade de lidarem sozinhas com o sofrimento. Retomar a autoestima e a autoconfiança dessas pessoas é fundamental para que elas voltem a ter vontade de viver e tomem as rédeas das próprias vidas, recuperando o amor-próprio, e retomem as atividades individuais e sociais.

---

9   Till B, Tran US, Niederkrotenthaler T. Relationship satisfaction and risk factors for suicide. Crisis. 2017;38(1):7-16.
10  Kazan D, Calear AL, Batterham PJ. The impact of intimate partner relationships on suicidal thoughts and behaviours: A systematic review. J Affect Dis. 2016;585-98.
11  Canetto SS, Lester D. Love and achievement motives in women's and men's suicide notes. The Journal of Psychology: Interdisciplinary and Applied. 2002;136(5):573-6.

## CIÚME EXCESSIVO

> **Sinais de alerta**
>
> Quem estiver convivendo com pensamentos destrutivos ou extremamente pessimistas de que a vida só tem sentido e prazer ao lado da pessoa escolhida e isso estiver causando angústia, ansiedade e tristeza profunda, deve procurar ajuda especializada do Centro de Valorização da Vida (CVV).
>
> https://www.cvv.org.br/
>
> Tel: 188

# XII. RELACIONAMENTOS ABUSIVOS: QUANDO O AMOR DEIXA MARCAS

Eu tinha uma casa, e fomos embora. O pai de Maddy bebe, surta e soca as coisas.

– Você fez um boletim de ocorrência?

– Não.

– Quer chamar a polícia? Não é tarde demais.

– E dizer o quê? Que ele <u>não</u> me bateu?

– Há abrigos para vítimas de violência doméstica, mas você precisa registrar a agressão.

– Não sofri agressão.

Esse trecho faz parte de um diálogo entre uma assistente social e a personagem Alex da série *Maid*, da

# CIÚME EXCESSIVO

Netflix[1], quando a protagonista vai em busca de um abrigo para si e sua filha de três anos, após sair de casa, fugindo de um relacionamento abusivo.

Alex é uma mulher jovem, vítima de <u>violência psicológica</u> provocada por seu marido Sean. Na trama, que se aproxima muito dos casos que vivencio em meus atendimentos clínicos, ela é controlada pelo parceiro, não tem independência financeira nem um trabalho fixo. Não recebe apoio e muito menos elogios por sua dedicação exclusiva à filha e à casa. Muito pelo contrário. É frequentemente criticada, manipulada e chantageada por Sean por sua dependência. Sem se dar conta de que está vivenciando um caso de violência psicológica, ela lida diariamente com comportamentos tóxicos e negativos do parceiro, que impactam a sua autoconfiança e autoestima.

Quando falamos que uma pessoa como a Alex sofre abusos em seu relacionamento, logo imaginamos agressão física causada por ciúme ou machismo. Agressão física não é a única violência. Uma relação passa a ser considerada abusiva quando são cometidos também outros tipos, como a psicológica, sexual, moral e patrimonial.

Os relacionamentos abusivos geralmente têm início com a violência psicológica, atingindo mulheres que, muitas vezes, nem percebem que estão sendo violentadas. Isso porque esse tipo de abuso é quase imperceptível e começa lentamente, com pequenos sinais de controle, distorcidos como cuidado. Justamente por não deixar marcas visíveis no corpo, é aí que mora o perigo: a violência psicológica, além de deixar sequelas emocionais gravíssimas à vítima, representa a porta de entrada para outros tipos de agressão, como a física e o

---

[1] Maid, Molly Smith Metzlerda. Netflix, 2021.

## AMOR PATOLÓGICO

abuso sexual. No caso de Alex, ela só decidiu sair de casa quando o marido atirou um objeto contra a parede e ela enxergou que, em uma próxima vez, poderia ser contra ela.

Segundo a Lei Maria da Penha, a violência psicológica é definida como "qualquer conduta que cause dano emocional e diminuição da autoestima; prejudique e perturbe o pleno desenvolvimento da mulher; ou vise degradar ou controlar suas ações, comportamentos, crenças e decisões". Nela, enquadram-se situações como ameaça, humilhação, isolamento do outro (proibição de trabalhar, estudar etc.), insultos, constrangimentos, entre outras.[2]

Nesses casos, os agressores manipulam e controlam as parceiras, desprezam suas atividades individuais, suas qualidades e potenciais, com um único objetivo de fazê-las se sentirem inferiores. "O seu trabalho é ruim. Fica em casa que eu te sustento", "Você não consegue sem o meu apoio. Você precisa de mim" e "Você não precisa sair com as suas amigas. Eu já basto" são alguns exemplos de frases utilizadas por esse tipo de abusador. Desta forma, faz com que suas parceiras se sintam enfraquecidas, totalmente dependentes e com autoestima minada, para permanecer no controle da relação. Com o passar do tempo, as vítimas começam a ouvir que suas opiniões estão sempre equivocadas e que suas reações e sentimentos são exagerados — muitas passam a acreditar nessas "verdades".

Outra série que retrata o desejo de dominação por parte do provocador da violência psicológica é *Bom Dia, Verônica*[3], também da Netflix

---

2 www.institutomariadapenha.org.br/lei-11340/tipos-de-violencia
3 Bom Dia Verônica, Raphael Montes. Netflix, 2020.

## CIÚME EXCESSIVO

(a série vai além, mostrando o lado psicopata do personagem central, mas vou me ater apenas às características da relação abusiva do casal). Na trama, Janete e Claúdio vivem uma relação aparentemente normal para quem vê de fora: um homem numa boa posição profissional e aparentemente zeloso com a companheira, condições que tornam o abuso quase invisível para quem convive com o casal – e que muitas vezes acontecem nos casos reais mesmo. Da porta para dentro, o parceiro torna-se um agressor, mantém a mulher em cativeiro, proibindo que ela tenha qualquer tipo de interação com o mundo lá fora. Em momentos de calmaria, mostra-se arrependido, proporciona a ela carinho e atenção, alimentando nela uma ponta de esperança de que as coisas possam melhorar no relacionamento.

Por ser muitas vezes camuflada de zelo, a violência psicológica costuma ser vivenciada em ciclos: primeiro vem a agressão, com xingamentos, manipulações e humilhação; depois, os momentos brandos de aparente dedicação, arrependimento e pedidos de desculpas; e, novamente, os momentos de explosão por parte do agressor.

Diante desse cenário de incerteza sobre o amor do outro, frequentemente as vítimas sentem-se confusas. Muitas pacientes relatam-me, inclusive, que não conseguem se desprender da pessoa amada. E, quando decidem reagir e abandonar o parceiro, nem sempre conseguem manter a distância definitiva, retornando ao lar em pouco tempo.

Outras chegam a acreditar que realmente são culpadas por terem feito algo de errado. Essa é uma das características do *Gaslighting*, forma de abuso psicológico no qual o agressor distorce ou omite informações para justamente confundir a vítima e fazê-la duvidar de sua sanidade mental e do seu senso crítico, perdendo a noção da realidade, e sendo taxada como louca e/ou paranoica. Algumas, inclusive, chegam a acreditar que a agressão que vivem dentro de casa faz parte de qualquer união romântica, sujeitando-se aos maus-tratos. Com medo do abandono numa relação tão desfavorecida para elas, muitas mulheres não buscam ajuda e administram completamente sozinhas suas inseguranças e baixa autoestima. A falta de uma rede de apoio, como mostrado no primeiro episódio de *Maid*, também é um agravante para as mulheres que sofrem com esse tipo de agressão.

## A violência psicológica é tão destrutiva quanto a agressão física

A culpa, a vergonha e/ou medo acarretam não somente prejuízos para a mente das vítimas, mas para o seu corpo. Ao se isolarem e aceitarem fazer parte de uma relação nociva, elas podem desenvolver sintomas de ansiedade e depressão, ter seu sistema imunológico mais vulnerável e apresentar quadros de insônia, problemas hormonais, gastrite nervosa e alteração no apetite. Além disso, o estresse frequente pode acarretar buscas por recompensas imediatas, provocando o abuso de álcool e drogas, ou ainda, o uso de comida (principalmente açúcares e carboidratos) como fonte de prazer e auxílio emocional.

Muitas vezes, como vimos no capítulo anterior, o sofrimento torna-se tão insuportável que a vítima apresenta pensamentos e comportamentos para-suicidas.

## CIÚME EXCESSIVO

**No seu relacionamento, você:**

É controlada(o) excessivamente pelo(a) parceiro(a)? **S( ) N( )**
Tem medo de se expressar? **S( ) N( )**
Sente-se constantemente triste? **S( ) N( )**
Foi obrigada(o) a se afastar de amigos? **S( ) N( )**
Convive com a agressividade do(a) parceiro(a), mesmo que não se manifeste fisicamente? **S( ) N( )**
Sente-se humilhada(o) e manipulada(o)? **S( ) N( )**

Se você respondeu sim a essas questões, você está vivendo um relacionamento abusivo, cuja característica predominante é a violência psicológica. Além de buscar ajuda e suporte emocional, procure se respaldar também de forma legal (como mostrei, a lei está do seu lado). Comportamentos de humilhação e intimidação não fazem parte de um relacionamento saudável. Reconquiste a sua autoestima.

**DICA:** recomendo assistir à série *Maid*, que citei no início do capítulo, após ler o meu livro. É possível identificar claramente os tipos de apego que falamos no capítulo VI e ver como a formação de uma família disfuncional pode impactar negativamente as relações afetivas das próximas gerações, levando a casos de relacionamentos abusivos.

## AMOR PATOLÓGICO

### Acusações e xingamentos também são considerados violência

"Sou tão ciumento que, além de acusar minha esposa de traição, frequentemente a humilho, xingo e falo um monte de baixarias". Este relato de José, 55 anos, em um dos meus atendimentos, caracteriza, perante a lei, outro tipo de violência presente em casos de relacionamentos abusivos.

Novamente trago a definição da Lei Maria da Penha para entendermos o que representa a <u>violência moral</u>: "Qualquer conduta que configure calúnia, difamação ou injúria". Nela, enquadram-se ações como acusar a mulher de traição, fazer críticas mentirosas, expor a vítima, rebaixar a mulher por meio de xingamentos que incidem sobre a sua índole, desvalorizar a vítima pelo seu modo de se vestir.[4] Portanto, estamos falando mais uma vez de um tipo de violência que muitas vezes não é reconhecida logo pelas mulheres como um ato de agressão.

O simples fato de o companheiro acusar, sem provas, a mulher de traição já caracteriza por si só a violência moral. Porém, como pudemos ver ao longo do livro, os ciumentos excessivos apresentam ainda perfil controlador e são altamente impulsivos e agressivos, agindo sem pensar diante de situações que consideram ameaçadoras.

Portanto, ao analisarmos todas as ações que compreendem a violência moral, podemos dizer que os ciumentos, em sua maioria, praticam tal violência. O que observei no estudo e acompanho nos atendimentos é que, de fato, a agressividade dessa patologia aparece clinicamente em formato de violência moral, com xingamentos e acusações, e física.

---

4  https://www.institutomariadapenha.org.br/lei-11340/tipos-de-violencia.html

# CIÚME EXCESSIVO

Quando o sujeito se sente preterido (real ou imaginariamente) pelo(a) parceiro(a) em favor de um(a) rival, a autoestima decresce. Abre espaço para um grande sentimento de ciúme, que leva ao aumento da agressão direcionada tanto ao(à) parceiro(a) quanto ao(à) rival.[5] A agressão verbal e as atitudes controladoras sobre o comportamento do(a) parceiro(a) são os tipos de agressão mais comuns entre homens e mulheres.[6]

Em muitos casos, a violência ou a agressão verbal é usada como uma tentativa de forçar a manutenção do relacionamento, fazendo com que o(a) parceiro(a) se sinta culpado e até mude o seu próprio comportamento.[7]

A violência ou a agressão verbal está associada ao abuso de poder e pode ser manifestada na forma de dominação física, psicológica e de controle. Resulta em ameaças e intimidações, abuso emocional e social, e até a privação econômica.[8]

Vale frisar, porém, como eu mencionei anteriormente, que a maioria – e não a totalidade – dos ciumentos excessivos costuma apresentar tais comportamentos. Alguns pacientes relatam-me que se expressam somente durante as nossas consultas, preferindo sofrer calado.

---

5   DeSteno D, Valdesolo P, Bartlett MY. Jealousy and the threatened self: getting to the heart of the green-eyed monster. J Pers Soc Psychol. 2006;91(4):626-41.
6   Muñoz-Rivas MJ, Graña Gómez JL, O'Leary KD, González Lozano P. Physical and psychological aggression in dating relationships in Spanish university students. Psicothema. 2007;19(1):102-7.
7   Spitzberg BH, Cupach WR. The dark side of close relationships. Lawerence Erlbaum, 1998.
8   Power C, Koch T, Kralik D, Jackson D. Lovestruck: women, romantic love and intimate partner violence. Contemp Nurse. 2006;21(2):174-85.
    Glass N, Laughon K, Rutto C, Bevacqua J, Campbell CJ. Young adult intimate partner femicide. Homicide Stud. 2008;12(2):177-87.
    Coleman PK, Rue VM, Coyle CT. Induced abortion and intimate relationship quality in the Chicago Health and Social Life Survey. Public Health. 2009;123(4):331-8.

Resolvi abrir este capítulo mostrando relacionamentos abusivos marcados por violências domésticas extremamente nocivas para as suas vítimas, mas que nem sempre são reconhecidas de imediato. Preferi seguir esta ordem, antes de abordar a violência física, para que você, leitor(a), compreenda que uma agressão dificilmente começa com um tapa, um chute, um beliscão. Há todo um histórico de controle, ofensas e manipulação por trás. Por isso, é importante estarmos atentos aos sinais em nossos próprios relacionamentos e nas relações de pessoas próximas a nós.

Atento também ao fato de que precisamos cada vez mais tornar públicas as discussões sobre as violências psicológica e moral, para que mais mulheres se identifiquem e ajam perante a lei. Este movimento, por bem, parece já estar em curso. Em 2020, de acordo com o Ministério da Mulher, da Família e dos Direitos Humanos, foram registradas 105.821 denúncias de violência contra a mulher nas plataformas do Ligue 180 e do Disque 100. Entre as denúncias, estão, além da violência física, os casos que citei acima, abusos sexuais, danos morais e patrimoniais.[9]

### O ciúme como protagonista da violência física

A principal causa da violência do homem contra a mulher é o ciúme ou a ameaça de abandono, e ela existe desde os primeiros ancestrais, quando o homem começou a perceber a ameaça de um intruso ao relacionamento.[10] Ela é motivada por outro traço de personalidade característico

---

9 www.g1.globo.com/politica/noticia/2021/03/07/brasil-teve-105-mil-denuncias-de-violencia-contra-mulher-em-2020-pandemia-e-fator-diz-damares.ghtml

10 Russell RJH, Wells P. Predicting marital violence from the Marriage and Relationship Questionnaire: using the LISREL to solve an incomplete data problem. Pers Indiv Differ. 2000;29(3):429-40.

# CIÚME EXCESSIVO

dos ciumentos patológicos, de que já falamos bastante aqui: o alto nível de agressividade diante do rompimento da relação afetiva, da ameaça de término ou pela tentativa de controlar os comportamentos da parceira.

Segundo a Organização Mundial de Saúde (OMS), uma a cada três mulheres – em todo o mundo – sofreu violência física e/ou sexual por parte do companheiro ou de terceiros durante a vida.[11] No Brasil, uma pesquisa constatou que 30% das mulheres, ou seja, mais de 25 milhões de brasileiras, já foram ameaçadas de morte pelos parceiros ou ex-companheiros e 16% (14 milhões) já sofreram tentativa de feminicídio. A maioria (90%) dos brasileiros considera que o local de maior risco de assassinato para as mulheres é dentro de casa, por um parceiro ou ex-parceiro.[12]

---

10 Spiwak R, Brownridge DA. Separated women's risk for violence: an analysis of the Canadian situation. J Divorce & Remarriage. 2005;43(3-4):105-18.
DeSteno D, Valdesolo P, Bartlett MY. Jealousy and the threatened self: getting to the heart of the green-eyed monster. J Pers Soc Psychol. 2006;91(4):626-41.
Ansara DL, Hindin MJ. Perpetration of intimate partner aggression by men and women in the Philippines – Prevalence and associated factors. J Interpers Violence. 2008;53(4):549-80.
Fleischmann AA, Spitzberg BH, Andersen PA, Roesch SC. Tickling the monster: jealousy induction in relationships. J Soc Pers Relat. 2005;22(1):49-73.
Jewkes R. Intimate partner violence: causes and prevetion. Lancet. 2002;359(9315):1423-9.
Puente S, Cohen D. Jealousy and the meaning (or nonmeaning) of violence. Pers Soc Psychol Bull. 2003;29(4):449-60.
Gage AJ. Women's experience of intimante partner violence in Haiti. Soc Sci Med. 2005;61(2):343-64.
Tilley DS, Brackley M. Men who batter intimate partners: a grounded theory study of the development of male violence in intimate partner relationships. Issues Ment Health Nurs. 2005;26(3):281-97.
Foran HM, O'Leary KD. Problem drinking, jealousy, and anger control: variables predicting physical aggression against a partner. J Fam Viol. 2008;23:141-48.
11 https://www.brasildefato.com.br/2021/03/21/no-bbb-e-na-vida-relacao-abusiva-nasce-disfarcada-de-cuidado-alerta-psicanalista
12 https://g1.globo.com/sp/sao-paulo/noticia/2021/11/23/30percent-das-mulheres-dizem-que-ja-foram-ameacadas-de-morte-por-parceiro-ou-ex-1-em-cada-6-sofreu-tentativa-de-feminicidio-diz-pesquisa.ghtml

## AMOR PATOLÓGICO

O rompimento da relação foi o momento apontado por 49% das pessoas como sendo de maior risco de assassinato da mulher que sofre violência doméstica. Essa percepção comprova o que já falamos anteriormente: diante da perda da pessoa amada, o ciumento excessivo sente-se incapaz de seguir em frente e ver que a parceira retomou a vida dela com outra pessoa.

A pessoa que comete um crime passional normalmente está em um contexto estressante ou conflitante – como uma briga com o par amoroso – e toma uma atitude impulsiva, mesmo não tendo histórico criminal.[13] Uma das teorias sobre esse tipo de crime afirma que o agressor normalmente não suporta ser confrontado com o narcisismo lesionado após uma "traição". Ele parte para a agressão para evitar a morte de seu Eu. Ele necessita o tempo todo ser colocado em primeiro lugar na vida do(a) parceiro(a) (vítima), e quando não está nesse pedestal, sente-se destruído, morto e desprezado, não conseguindo ressignificar e retomar a vida sem estar nesse papel de "o mais amado e espelhado". Diante da desilusão, percebe que esse amor é rejeitado e age com violência contra a pessoa amada.[14]

De um modo geral, esses agressores têm uma infância marcada pela violência familiar e/ou abuso infantil, excesso de consumo de álcool pelo pai e traços de personalidade antissocial. As questões sociais,

---

13 Guan M, Li X, Xiao W, Miao D, Liu X. Categorization and prediction of crimes of passion based on attitudes toward violence. International Journal of Offender Therapy and Comparative Criminology. 2016;1:16.
Stravogiannis AL, Sanches CC. Amor, ciúme e suicídio: crimes passionais. In: Compreendendo o suicídio. Editores Rodolfo Furlan Damiano... [et al.] – 1.ed. Santana de Parnaíba [SP]: Manole, 2021, pg. 155-163.
14 Santiago RA, Coelho MTAD. O Crime passional na perspectiva de infratores presos: um estudo qualitativo. Psicologia em Estudo. 2010;87:95-15.

como desemprego e a criminalidade anterior, também podem estar presentes nesse tipo de paciente. Entre outros fatores de risco para a violência, podem ser considerados, ainda, a condição financeira, a criação dos filhos, cuidados com a casa, sexo, fidelidade, ciúme, possessividade, autoridade e status do relacionamento.[15]

Holtzworth-Munroe & Stuart classificaram esses agressores em três grupos:

- **Agressores exclusivos da família:** são pessoas que, apesar de praticarem a agressão dentro de casa, exibem baixos níveis de violência e se engajam menos em situações violentas fora deste contexto. Apresentam nenhuma ou pouca evidência de psicopatologia;

- **Borderline/disfórico:** homens psicologicamente angustiados, com maior probabilidade de usar a violência contra a parceira, incluindo abuso sexual ou psicológico. Apresentam violência baixa ou moderada fora do contexto familiar, quando comparados a outros agressores, e tendem a exibir características de personalidade borderline. São dependentes e têm medo de abandono e, por isso, revelam mais propensão ao ciúme e a reações violentas diante de ameaças de rompimento da relação romântica;

---

15 Schumacher JA, Slep AM. Attitudes and dating aggression: a cognitive dissonance approach. Prev Sci. 2004;5(4):231-43.
Dobash RE, Dobash RP, Cavanagh K, Medina-Ariza J. Lethal and nonlethal violence against an intimate female partner: comparing male murderers to nonlethal abusers. Violence Against Women. 2007;13(4):329-53.
Echeburúa E, Fernández-Montalvo. Male batterers with and without psychopathy: an exploratory study in Spanish prisons. Int J Offender Ther Comp Criminol. 2007;51(3):254-63.

- **Indivíduos violentos/antissociais:** nestes casos, a pessoa mantém altos índices de comportamento agressivo não somente dentro de casa, apresentando violência moderada a grave. Geralmente, são dependentes de álcool e possuem uma personalidade antissocial, porém revelam baixos níveis de depressão e nível moderado de raiva. Eles costumam usar a agressividade para atingir os seus objetivos, assim como o controle verbal e do comportamento do outro.[16]

O estudo de Echeburúa e Fernández-Montalvo realizado na Espanha com 126 homens sentenciados por atos de violência contra a parceira íntima revelou que 12% deles preenchiam critérios para psicopatia. Procuravam, frequentemente, o serviço de saúde por problemas de dependência de álcool, drogas e depressão, apresentavam baixos níveis de empatia e autoestima e elevados níveis de impulsividade. Os agressores sem psicopatia apresentavam sentimentos hostis contra as mulheres, tendiam a ser afetivamente instáveis e, possivelmente,

---

16 Holtzworth-Munroe A, Meehan JC, Herron K, Rehman U, Stuart GL. Testing the Holtzworth-Munroe and Stuart (1994) batterer typology. J Consult Clin Psychol. 2000;68(6):1000-19.
Holtzworth-Munroe A, Meehan JC, Herron K, Rehman U, Stuart GL. Do subtypes of maritally violent men contribute to differ over time? J Consult Clin Psychol. 2003;71(4):728-40.
Babcock JC, Costa DM, Green CG, Eckhardt CI. What situations induce intimate partner violence? A realiability and validity study of the Proximal Antecedents to Violent Episodes (PAVE) Scale. J Fam Psychol. 2004;18(3):433-42.
Echeburúa E, Fernández-Montalvo. Male batterers with and without psychopathy: an exploratory study in Spanish prisons. Int J Offender Ther Comp Criminol. 2007;51(3):254-63.
Costa DM, Babcock JC. Articulated thoughts of intimate partner abusive men during anger arousal: correlates with personality disorder features. J Fam Violence. 2008;23(6):395-402.

# CIÚME EXCESSIVO

tinham algum tipo de transtorno do impulso ou transtorno explosivo intermitente, sentimentos de raiva e ciúme exacerbados.[17]

A agressividade direcionada à parceira é vista por alguns teóricos sob a perspectiva feminista. Nesta visão, o poder e o controle exercido pelos homens são vistos socialmente como dominantes. Assim, é passado de geração em geração, como uma forma de crença central. Essa relação de poder sobre a mulher provém do desejo de manter exclusividade sexual e estimula um perfil controlador e mais propenso a cometer crimes, como o assassinato, devido ao ciúme. Existem ainda duas outras perspectivas: a do relacionamento diádico, baseada na discórdia nos relacionamentos e comportamentos, e a perspectiva psicopatológica, que enfatiza os problemas individuais como desregulação emocional e abuso de álcool como o centro da violência.[18]

Do ponto de vista da psicologia evolucionista, que abordamos anteriormente para falar sobre como o ciúme se manifesta entre homens e mulheres, variáveis como impulsividade, competitividade e dominância influenciam negativamente a agressividade direcionada à parceira. Lembrando que os homens tendem a agredir a parceira por suspeitar de sua infidelidade sexual.[19]

---

17 Echeburúa E, Fernández-Montalvo. Male batterers with and without psychopathy: an exploratory study in Spanish prisons. Int J Offender Ther Comp Criminol. 2007;51(3):254-63.
18 O'Leary KD, Smith Slep AM, O'Leary SG. Multivariate models of men's and women's partner aggression. J Consult Clin Psychol. 2007;75(5):752:64.
Felson RB, Outlaw MC. The control motive and marital violence. Violence Vict. 2007;22(4):387-407.
19 Archer J, Webb IA. The relation between scores on the Buss-Perry Aggression Questionnaire and aggressive acts, impulsiveness, competitiveness, dominance and sexual jealousy. Aggress Behav. 2006;32:464-73.
Felson RB, Outlaw MC. The control motive and marital violence. Violence Vict. 2007;22(4):387-407.

# DICAS PRÁTICAS PARA LIDAR COM AS DORES ROMÂNTICAS

### I - Seis passos para entender e domar as dores do amor

Sim, é possível se livrar — ou pelo menos amenizar — as dores do amor. Os tratamentos, tanto para ciúme excessivo quanto para amor patológico são feitos, principalmente, por meio da psicoterapia. O primeiro passo, claro, é reconhecer que se tem um problema e está disposta(o) a superá-lo, para então, buscar solucioná-lo.

Como já falei ao longo deste livro, costumo enxergar as patologias românticas como se fossem uma droga, como álcool ou cocaína, por exemplo. E diminuir os sintomas dessas duas patologias é um trabalho diário e cuidadoso. Ao final do tratamento, o paciente poderá desenvolver maiores níveis de autoconhecimento e autocompaixão, os quais são fundamentais para uma boa qualidade de vida e saúde mental.

De acordo com a literatura científica, existem diversos métodos que ajudam no tratamento, com diferentes abordagens psicoterápicas: terapia cognitivo-comportamental, psicanálise, psicodrama, terapia de casal, terapia sistêmica, entre outras. Como meu foco de atuação é a terapia cognitivo-comportamental (TCC), trarei aqui exemplos de dinâmicas que conduzo com meus pacientes, tanto no ambulatório, quanto no consultório particular. Vale ressaltar que as dicas e exercícios que proponho neste capítulo não substituem a ajuda especializada. Cada caso deve ser tratado individualmente de acordo com as particularidades do paciente.

## Reconhecimento do problema

Vamos pensar na resolução de um problema hipotético fora do âmbito do relacionamento amoroso. Digamos que fui convidada para dar aula num curso e, diante disso, senti medo e pensei que não conseguiria. O que devo fazer?

Primeiro, devo identificar o problema: uma timidez, por exemplo, permeada com muita ansiedade.

O segundo passo é pensar em estratégias para tentar conviver com a minha timidez excessiva. Para tanto, estudarei mais ainda o conteúdo da aula, treinarei com os amigos etc.

Este meu procedimento significa que só posso resolver um problema a partir do momento em que tenho consciência de que ele existe e quando assumo a responsabilidade sobre ele, isto é, não delego

## AMOR PATOLÓGICO

a solução do problema para outra pessoa. Como já vimos, os ciumentos excessivos frequentemente tendem a culpar o(a) parceiro(a) pela ocorrência de seu ciúme. Fazem desabafos do tipo: "é tudo culpa dele, pois mantém muitas amigas; ele abraça as colegas demais" ou "ela não sabe se comportar, é expansiva e muito sorridente". São frases que mostram a tendência de culpar o outro pelo próprio sentimento e comportamento.

Para se livrar do ciúme, é necessário perceber que o outro não tem culpa. E nem você, caro(a) ciumento(a). Você tem responsabilidade em tentar mudar o seu comportamento e suas crenças acerca de si, do mundo e sobre o ciúme ou o amor patológico. Para tanto, será necessário encarar os próprios medos, inseguranças e expectativas – sobre o outro e sobre o relacionamento.

Agora, vamos aplicar este raciocínio numa situação de ciúme ou amor patológico.

Pergunte-se:

— Qual é meu maior receio aqui?

— Quais são os meus pensamentos mais profundos? Exemplo: medo de perder o outro, de ser passado(a) para trás, de uma possível humilhação. Ou, ainda, de não ter minhas expectativas atendidas, de uma possível competição ou incapacidade de lidar com a frustração.

— Por que será que estou sentindo tanto ciúme? Tem a ver com algum outro momento vivenciado antes, como possíveis traumas? Tem a ver com a relação que vi meus pais tendo? Já fui traído(a)? Abandonado(a)?

**IMPORTANTE:** foque no próprio comportamento e pensamento. É possível mudá-los. E, como sabemos, não podemos mudar o comportamento e a personalidade do(a) parceiro(a).

**Entendendo os pensamentos por trás do ciúme**

Muitas vezes, o ciumento reconhece que tem pensamentos exagerados e sem fundamento, mesmo que na hora de uma crise ainda tenha certeza de que está sendo traído. Entretanto, sente-se incapaz de controlar o sentimento de ciúme. Seus pensamentos são acompanhados por questionamentos, sentimentos de perseguição, suspeitas e acusações. Sabe aquelas situações em que nossa cabeça se enche de "SE"? Muitas vezes, nossos pensamentos negativos são ativados por suposições que nós mesmos criamos e em que passamos a acreditar.

O mesmo acontece na cabeça do indivíduo com o amor patológico. Entretanto, além de apresentar pensamentos sobre ciúme, também surgem pensamentos e sentimentos relacionados ao medo do abandono.

Trago, novamente, exemplos de pensamentos hipotéticos, fora do relacionamento amoroso, para contextualizá-los: "Se eu não for bem na reunião, serei demitido", "Se eu não for comunicativo, não serei aceito pelas pessoas". Assim, mais uma vez, nossa mente nos leva para estados de angústia, ansiedade e tristeza. Esse fenômeno é chamado na TCC de *distorções cognitivas*, que são trabalhadas durante

# AMOR PATOLÓGICO

as sessões de terapia para entendermos como as nossas emoções, pensamentos e ações estão correlacionados e quais as consequências dessa conexão no nosso cotidiano.

Veja cinco distorções cognitivas:

- Tentar adivinhar pensamentos ou reações dos outros;
- Enxergar sempre o lado negativo das coisas;
- Generalizar as situações e/ou pessoas;
- Comparar-se com os outros;
- Achar que tudo é pessoal.

Veja na tabela abaixo 15 distorções cognitivas com suas definições e exemplos já aplicados às dores do amor.[1]

| Distorção cognitiva | Definição | Exemplos |
|---|---|---|
| Pensamento dicotômico (também chamado tudo-ou-nada, preto e branco ou polarizado). | Vejo a situação, a pessoa ou o acontecimento apenas em termos de "uma coisa ou outra", colocando-as em apenas duas categorias extremas em vez de em um contínuo. | "Ou ele fica comigo, ou não ficará com mais ninguém!". "Não disse que me ama, logo, perdeu o encanto". "Não vivo sem ela". |
| Previsão do futuro (também denominada catastrofização). | Antecipo o futuro em termos negativos e acredito que o que acontecerá será tão horrível que eu não vou suportar. | "Minha relação vai acabar e não serei capaz de sobreviver sem ele(a)". "Serei abandonado(a) e nunca mais acharei alguém". |

---

1 Beck, Judith S. Terapia cognitiva-comportamental [recurso eletrônico]: teoria e prática. Tradução de Sandra Mallmann da Rosa. Revisão técnica: Paulo Knapp, Elizabeth Meyer. 2. Ed. – dados eletrônicos. – Porto Alegre: Artmed, 2013.

# CIÚME EXCESSIVO

| | | |
|---|---|---|
| Desqualificação dos aspectos positivos. | Desqualifico e desconto as experiências e acontecimentos positivos insistindo que estes não contam. | "Ele(a) me escolheu por acaso". "Ele(a) diz que sou interessante, mas deve dizer isso para todas(os)". "Não estou à altura dele". |
| Raciocínio emocional. | Acredito que minhas emoções refletem o que as coisas realmente são e deixo que elas guiem minhas atitudes e julgamentos. | "Sinto que ele(a) não me traiu, então deve ser verdade". "Ele(a) está estranho, deve estar pensando em outra(o)". |
| Rotulação. | Coloco um rótulo fixo, global e geralmente negativo em mim ou nos outros. | "Ele(a) é um(a) galinha como todos(as)". "Não sou bom(boa) o suficiente para ela(ele)". "Ele(a) não presta". |
| Ampliação/ minimização. | Avalio a mim mesmo, os outros e as situações ampliando os aspectos negativos e/ou minimizando os aspectos positivos. | "Corri muito atrás. Por isso, ele(a) se rendeu". "Ele(a) me chamou para sair, pois não conhece ninguém mais interessante". |
| Abstração seletiva (também denominada filtro mental e visão em túnel). | Presto atenção em um ou em poucos detalhes e não consigo ver o quadro inteiro. | "Falei que senti ciúme dele(a) com um(a) colega de trabalho. Ele(a) vai terminar comigo". "Fui muito ciumento com ela(ele), ela(ele) vai me trocar". |
| Leitura mental. | Acredito que conheço os pensamentos e intenções de outros (ou que eles conhecem meus pensamentos e intenções) sem ter evidências suficientes. | "Ele(a) não me ligou hoje. Não está interessado(a)". "Ele(a) está pensando que sou insegura(o)". |
| Supergeneralização. | Eu tomo casos negativos isolados e os generalizo, tornando-os um padrão interminável com o uso repetido de palavras como "sempre", "nunca", "todo", "inteiro" etc. | "Meus relacionamentos nunca dão certo". "Eu sempre serei ciumento(a)". |

# AMOR PATOLÓGICO

| | | |
|---|---|---|
| Personalização. | Assumo que comportamentos dos outros e eventos externos dizem respeito (ou são direcionados) a mim, sem considerar outras explicações plausíveis. | "Meu relacionamento não dá certo por minha causa!". "Ele(a) só será feliz comigo". |
| Afirmações do tipo "deveria" (também "devia", "devo", "tenho de"). | Digo a mim mesmo que os acontecimentos, os comportamentos de outras pessoas e minhas próprias atitudes "deveriam" ser da forma que espero que sejam e não o que de fato são. | "Eu devia ter me dedicado mais a ele(a)". "Fiz tudo por ele(a). Ele(a) deveria ficar comigo para sempre". |
| Conclusões precipitadas. | Tiro conclusões (negativas ou positivas) a partir de nenhuma ou poucas evidências que possam confirmá-las. | "Ele(a) está passando mais tempo no celular. Deve estar me traindo". "Não responde a minhas mensagens mesmo on-line. Deve estar falando com outra". |
| Culpar (outros ou a si mesmo). | Dirijo minha atenção aos outros como fontes de meus sentimentos e experiências, deixando de considerar minha própria responsabilidade; ou, inversamente, tomo para mim mesmo a responsabilidade pelos comportamentos e atitudes de outros. | "Meus pais se separaram por ciúme. Por isso, sou ciumenta(o)". "A culpa do ciúme dele(a) é o meu jeito expansivo". |
| E se...? | Fico me fazendo perguntas com condicionais, tipo "e se acontecer alguma coisa?". | "E se eu for traída(o)?" "E se ele(a) me abandonar?". |
| Comparações injustas. | Comparo-me com outras pessoas que parecem se sair melhor do que eu e me coloco em posição de desvantagem. | "Ela(e) é mais inteligente que eu". "Não sou bonita(o) quanto as(os) amigas(os) dele(a)". |

# CIÚME EXCESSIVO

Agora, veja este exemplo de construção que utilizamos na terapia cognitivo-comportamental, e observe como o pensamento é capaz de influenciar negativamente nossos sentimentos e comportamentos:

**Situação (provocadora de ciúme):** meu parceiro está olhando para outra pessoa;

**Pensamento:** *ele não gosta mais de mim; não sou interessante;*

**Sentimento:** ciúme, raiva;

**Comportamento:** acusar o parceiro de estar sendo infiel.

Para melhorar esta questão acerca dos próprios pensamentos, você, ciumento, precisa começar a desafiá-los. No exercício que proponho a seguir, você verá que, ao escrever os seus pensamentos numa folha de papel, ficará mais fácil visualizá-los e entendê-los.

> **DICA:** prestar atenção aos nossos pensamentos é um exercício diário e deveria ser feito para tudo. Não somente para as questões de dores românticas.
>
> ***Pratique mindfulness:*** esteja consciente dos seus pensamentos à luz da lista de distorções cognitivas — mesmo que não estejam relacionados ao ciúme. Este exercício vai deixar você cada vez mais afiado nesta tarefa.

# AMOR PATOLÓGICO

## EXERCÍCIO

Agora que você entendeu que as dores do amor podem ser tratadas a partir do reconhecimento do problema e do controle dos pensamentos, proponho uma autoavaliação.

Escolha um momento calmo na sua rotina e faça este exercício refletindo com honestidade o que você vem enfrentando.

Tenha em mãos um bloco de anotações (pode ser no seu celular) ou uma folha de papel para expressar tudo o que sente.

### 1º Passo: identificação do problema

Não coloque somente "meu ciúme". Mas, de fato, o que você percebe:

— Como o ciúme atrapalha você?

— O que mais incomoda?

— Quais são as dificuldades para diminuir seu ciúme?

— Quais são os prejuízos que você percebe?

— Quando você não está tomado pelo ciúme, é capaz de confiar no seu parceiro?

### 2º Passo: verificação dos pensamentos

Escreva todos os pensamentos que passam pela sua cabeça quando você está numa situação real de ciúme. Tente ser o(a) mais específico(a) possível para tentar encontrar os pensamentos mais quentes, aqueles que realmente são os "produtores" do ciúme.

# CIÚME EXCESSIVO

Exemplo:

– "Ele(a) não me atende porque está com outra".

– "Ela(a) está me traindo".

– "Esse(a) novo(a) colega é mais interessante que eu".

Para ajudar, lembre-se das distorções cognitivas que invadiram a sua mente e provocaram os comportamentos de busca por pistas de infidelidade ou relacionadas ao seu medo de abandono.

É comum, neste segundo passo, que muitas pessoas afirmem: "Não passou nada pela minha cabeça. Só sinto ciúme". Mas isso não é verdade! Todos temos pensamentos a todo instante, apenas não prestamos tanta atenção assim. Por isso, costumamos chamá-los de automáticos, uma vez que pipocam na nossa mente sem que a gente perceba. E eles se autoalimentam de mais e mais dúvidas e caraminholas das nossas cabeças.

---

**DICA:** a melhor maneira de descobrir seus pensamentos mais irracionais é escrevê-los quando estiver numa crise de ciúme ou logo após o evento.

---

### 3º Passo: resolução das distorções

Agora que você já tem consciência sobre a existência das distorções cognitivas e já as identifica, qual o próximo passo? O que fazer com elas?

## AMOR PATOLÓGICO

Veja este exemplo prático.

> **Situação:** você está em casa, conversando com seu(sua) namorado(a), e ele(a) olha para o celular e atende algumas ligações.
>
> **Pensamento:** "Ele(a) <u>nunca</u> me dá atenção".

A ideia aqui é que você aprenda não só a identificar as distorções (neste exemplo, temos a distorção chamada de *supergeneralização*, na qual a pessoa tende a fazer afirmações do tipo nunca, jamais, sempre), mas a lidar com elas.

– Qual distorção cognitiva é essa?

– Quais evidências mostram/comprovam que esse pensamento é real?

– Quais seriam as formas mais assertivas ou funcionais para enxergar a situação e esse pensamento?

Comece a pensar sobre as evidências que comprovam seus pensamentos. Ao escrever, é comum perceber que muitos deles são pouco prováveis de acontecer, não têm nenhuma evidência da realidade. Pelo contrário, pode acabar descobrindo que o(a) parceiro(a) é amoroso(a) e tendente à fidelidade, por exemplo.

Pergunta para a próxima etapa: se todos esses pensamentos fossem verdade, o que isso significaria sobre você? O que falariam sobre você? Apenas pense...

## 4º Passo: identificação e superação dos gatilhos

Você sabe reconhecer os gatilhos de ciúme?

Tente responder a estas perguntas:

— Quais situações, pessoas, pensamentos e sentimentos podem ser gatilhos?

— Esses gatilhos aumentam com consumo de álcool ou drogas?

— Seus sentimentos de ciúme aumentam quando você está com autoestima baixa, sentindo-se mal com a sua aparência?

— Você se compara com outras pessoas de forma constante?

Agora, imagine-se na situação provocadora de ciúme, pense e escreva as possíveis soluções/reações/pensamentos assertivos que você possa ter diante desses gatilhos.

Nesta etapa, use seu lado criativo e positivo. Não seja pessimista ou, ao menos, tente não ser.

Na sua história de vida, houve apenas uma única vez em que você conseguiu agir de forma assertiva, coerente e/ou pacífica numa situação provocadora de ciúme? Se sim, o que lhe fez conseguir? Tente se lembrar nos mínimos detalhes. Aqui, estamos tentando buscar fatos e evidências na sua história de vida que mostrem (ou comprovem) que você é passível de ser amado(a) e respeitado(a).

Outro exercício importante nesta fase de resolução do problema é se colocar no lugar do outro.

– Alguma vez já sentiram ciúme excessivo de você?

– E, nesta situação, você era "inocente"?

– Não havia feito nada para terem ciúme de você?

– Como você se sentiu?

A maior parte das pessoas se sente de certa forma agredida e/ou insultada e com raiva ao se deparar com a desconfiança do outro. Este exercício é importante porque não queremos que o(a) parceiro(a) se sinta assim sem razão, não é mesmo?

### 5º Passo: identificação das crenças mais profundas

Você já parou para pensar de onde vem o seu ciúme?

Ao longo da nossa vida, construímos crenças centrais que influenciam nossos comportamentos. São formadas, principalmente, a partir da convivência com nossos pais e principais cuidadores, além de todas as experiências vivenciadas todos os dias. As crenças envolvem, por exemplo, o que você pensa sobre os relacionamentos. Um exemplo clássico é: "todo homem trai" (pode ser também "toda mulher trai").

Nesta etapa, reflita sobre os seus modelos parentais, como era a relação dos seus pais, histórico de traição, submissão etc. Se precisar, revisite o capítulo VI, em que falamos sobre a Teoria do Apego e como nossas relações afetivas na infância influenciam nossa vida amorosa na fase adulta. Muitas vezes nos comportamos tendo como base os nossos primeiros tipos de apego e, lembre-se, estes podem ser trabalhados e mudados ao longo da vida para que você se vincule de forma mais saudável.

Descobrir e agir sobre essas crenças ajuda muito a melhorar os casos de ciúme excessivo e amor patológico, mas vale lembrar que não se trata de um processo simples e rápido. Por isso, é recomendado o acompanhamento de um psicoterapeuta (psicólogo). Após a descoberta das crenças, você será direcionado(a) a uma etapa crucial: questionar, enfrentar e buscar evidências sobre as suas crenças. Digo que é bem comum identificarmos no processo terapêutico que muitas delas foram construídas em sensações e pensamentos de menos valia e crenças de desamor e desamparo, os quais não podem ser embasados na realidade.

### 6º Passo: construindo autoestima e autocompaixão

Nós vimos, no decorrer deste livro, que a baixa autoestima é uma das características dos ciumentos excessivos e das pessoas que amam demais. Geralmente, tendemos a elogiar nossos amigos e a enxergar as suas qualidades. Entretanto, nem sempre temos a mesma empatia conosco e acabamos por focar mais em nossos defeitos. Por isso, o que recomendo aqui é um olhar mais carinhoso para si próprio(a).

Desenvolver a autocompaixão ajudará a se perdoar, a perceber que sim, agiu impulsivamente por causa do ciúme, mas você não é somente ciúme. É mais do que isso.

## AMOR PATOLÓGICO

Pesquisas mostram que pessoas que desenvolvem essa habilidade têm a saúde mental e a autoestima elevadas. É porque conseguem ter um olhar compreensivo sobre as dificuldades que enfrentam em diversas etapas da vida e sobre os caminhos que podem percorrer para lidar com elas.

Concentre-se em si, sem julgamentos, com generosidade e respeito.

Reflita e anote as respostas para estas perguntas:

— Por que meu(minha) parceiro(a) me escolheu?

— Dentre tantas outras pessoas, por que eu?

Geralmente, as pessoas pensam ao contrário: "Por que não eu? Por que não sou eu que não estou naquele relacionamento?". Lembra daquela música *Por que não eu?* cantada pelo Leoni?

Eu digo que é muito mais valioso você se concentrar no "porque eu sim!". Verá que esse pensamento ajudará a elevar a sua autoestima.

Por fim, vale lembrar que, independentemente da abordagem de tratamento que você escolher, é essencial fazer uma autoanálise para saber se suas estratégias estão funcionando, focando, principalmente nas consequências.

— Como eu tenho lidado com meu (não será "meu"?) ciúme?

— Eu e o(a) parceiro(a) estamos nos relacionando de forma mais harmoniosa?

— Estamos satisfeitos com os progressos e os rumos da relação?

## CIÚME EXCESSIVO

— O que posso fazer para não cair na armadilha de ciúme?

— O que posso fazer para não deixar os gatilhos de ciúme tomarem conta de mim?

Nos tratamentos de ciúme excessivo e amor patológico, o importante é que você se sinta mais segura(o) para, então, transformar seus pensamentos e comportamentos com o outro e manter uma relação a dois satisfatória, sem medos ou dúvidas.

E lembre-se de contar com a sua rede de apoio. Você não está só!

Estratégias funcionais para não cair nas armadilhas de ciúme:

— Pausar os pensamentos;

— Usar e abusar da respiração diafragmática;

— Utilizar técnicas de *mindfulness*;

— Trabalhar para melhorar a autoestima;

— Buscar ajuda profissional;

— Escrever cartões de enfrentamento — lembretes em papel ou virtuais que possam ser facilmente acessados na hora da crise de ciúme. Neles, devem estar escritas as evidências que já foram achadas ao longo do processo sobre o comportamento do(a) parceiro(a) e sobre si mesmo(a).

# DICAS PRÁTICAS PARA LIDAR COM AS DORES ROMÂNTICAS

### II - Como superar o ciúme a dois

O ciúme é um problema conjugal, já que afeta não somente a pessoa que o sente, mas também a relação.

As pessoas que sentem ciúme não querem ser culpadas, rotuladas e nem terem os dedos apontados em sua direção. É como se o(a) parceiro(a) fosse o(a) dono(a) da razão e elas inferiores, por sofrerem com a patologia. Portanto, dizer isso ao(à) parceiro(a) é uma forma de pedir ajuda.

O que proponho é justamente que você tome a iniciativa e sugira uma conversa para entender o que os dois sentem diante do ciúme. Aqui, é importante mostrar ao(à) parceiro(a) que você também se sente

## CIÚME EXCESSIVO

angustiado(a), acolher os sentimentos dela(dele) e mostrar a sua força de vontade para superarem juntos.

Tentem, juntos, identificar o que provoca o ciúme, por exemplo:

Será que o ciúme tem a ver com excesso ou falta de liberdade?

Será que a espontaneidade de um dos lados fere o outro, que é tímido?

Muitas vezes, algumas atitudes consideradas comuns em nosso comportamento não são tão comuns para o outro. E isso deve ser dito num momento calmo, sem agressividade e sem acusações, e não no auge da euforia e da explosão, como costuma acontecer em muitos relacionamentos.

O objetivo não é o casal concordar em tudo, mas sim ouvir com atenção o lado do outro. Portanto, opte pela assertividade e pelo trabalho que está ao alcance dos dois para fortalecer a confiança. Exponha o problema e seus sentimentos. Por exemplo: "Quando você conversa com outra pessoa, me sinto colocado(a) de lado".

Não se trata de uma garantia de que o outro irá agir diferente e talvez nem seja esse o esperado, mas clarear o que você sente para o outro aumenta a chance deste se comportar de outra maneira, se for realmente o caso.

O ciúme não acaba de um dia para o outro, mas querer resolvê-lo já é um excelente começo.

# NOTAS

### Introdução

1. PROUST, M. (1871-1922). O fim do ciúme e outros contos. Apresentação Ignácio da Silva. São Paulo: Hedra, 2007.
2. TARRIER N, BECKETT R, HARWOOD S, BISHAY N. Morbid jealousy: a review and cognitive-behavioural formulation. Br J Psychiatry. 1990;157:319-26.

    SILVA P. Jealousy in couple relationships: nature, assessment and therapy. Behav Res Ther. 1997;35(11):973-85.
3. TORRES AR, RAMOS-CERQUEIRA ATA, DIAS RS. O ciúme enquanto sintoma do transtorno obsessivo-compulsivo. Rev Bras Psiquiatr. 1999;21(3):165-73.

    PASINI W. Ciúme: a outra face do amor. Rio de Janeiro: Rocco, 2006.

    MARAZZITI D. ... e viveram ciumentos e felizes para sempre. Porto Alegre: Casa Editorial Luminara, 2009.
4. TORRES AR, Ramos-Cerqueira ATA, Dias RS. O ciúme enquanto sintoma do transtorno obsessivo-compulsivo. Rev Bras Psiquiatr. 1999;21(3):165-73.

    MARAZZITI D. ... e viveram ciumentos e felizes para sempre. Porto Alegre: Casa Editorial Luminara, 2009.
5. TORRES AR, Ramos-Cerqueira ATA, Dias RS. O ciúme enquanto sintoma do transtorno obsessivo-compulsivo. Rev Bras Psiquiatr. 1999;21(3):165-73.

    PASINI W. Ciúme: a outra face do amor. Rio de Janeiro: Rocco, 2006.

    MARAZZITI D. ... e viveram ciumentos e felizes para sempre. Porto Alegre: Casa Editorial Luminara, 2009.
6. OKIMURA JT, Norton SA. Jealousy and mutilation: nose-biting as retribution for adultery. Lancet. 1998;352(9145):2010-1.
7. TORRES AR, Ramos-Cerqueira ATA, Dias RS. O ciúme enquanto sintoma do transtorno obsessivo-compulsivo. Rev Bras Psiquiatr. 1999;21(3):165-73.

PASINI W. Ciúme: a outra face do amor. Rio de Janeiro: Rocco, 2006.

MARAZZITI D. ... e viveram ciumentos e felizes para sempre. Porto Alegre: Casa Editorial Luminara, 2009.

## I. O amor romântico: a origem da relação a dois

1. PLATÃO. O Banquete. Tradução do grego por Jorge Paleikat e João Cruz Costa. Rio de Janeiro: Ediouro; s/ data.
2. LEVINE SB. What is love anyway? J SexMarital Ther. 2005; 31:143-51.

   NÓBREGA SM, FONTES EPG, PAULA FMSM. Do amor e da dor: representações sociais sobre o amor e o sofrimento psíquico. Estud Psicol. 2005; 22(1):77-87.

   GHERTMAN IA. Sobre o amor. [cited 2007 jul 14]. Disponível em: www.psicoway.com.br/iso/sobre_o_amor.htm.
3. LEE JA. Ideologies of Lovestyle and Sexstyle. In: deMunck V.C. (ed.). Romantic Love and Sexual Behavior: Perspectives From the Social Sciences. Westernport Connecticut: Praeger; 1998. pp. 33-76.

## II. Quando amar demais se torna uma doença

1. Escrito nas Estrelas, Tetê Espíndola. Brasil, 1985.
2. (500) dias com ela, Marc Webb. EUA, 2009.
3. COSTA AL. Contribuições para o estudo do ciúme excessivo. Dissertação de Mestrado. São Paulo, 2010.

## III. O ciúme romântico

1. FERREIRA-SANTOS, E. Ciúme: o medo da perda. 3 ed. São Paulo: Ática: 1998.
2. DESTENO D, VALDESOLO P, BARTLETT MY. Jealousy and the threatened self: getting to the heart of the green-eyed monster. J Pers Soc Psychol. 2006;91(4):626-41.
3. TORRES AR, RAMOS-CERQUEIRA ATA, DIAS RS. O ciúme enquanto sintoma do transtorno obsessivo-compulsivo. Rev Bras Psiquiatr. 1999;21(3):165-73.
4. WHITE G; MULLEN PE. Jealousy: theory, research, and clinical strategies. New York: The Guilford Press, 1989.
5. PASINI W. Ciúme: a outra face do amor. Rio de Janeiro: Rocco, 2006.
6. MARAZZITI D; RUCCI P; DI NASSO E. et al. Jealousy and subthreshold psychopathology: a serotonergic link. Neuropsychobiology, 2003b;47(1):12-6.
7. RYDELL RJ, BRINGLE RG. Differentiating reactive and suspicious jealousy. Soc Behav Person. 2007;35(8):1099-114.
8. FREUD, S. Alguns mecanismos neuróticos no ciúme, na paranoia e no ho-

mossexualismo. v. 18. Rio de Janeiro: Imago, 1989.

Freeman T. Psychoanalytical aspects of morbid jealousy in women. Br J Psychiatry. 1990;156:68-72.

MARAZZITI D, NASSO E, MASALA I, BARONI S, ABELLI M, MENGALI F, RUCCI P. Normal and obsessional jealousy: a study of a population of young adults. Eur Psychiatry. 2003a; 18:106-11.

## IV. Quando o ciúme se torna excessivo

1. MARAZZITI D. ... e viveram ciumentos e felizes para sempre. Porto Alegre: Casa Editorial Luminara, 2009.

2. TARRIER N, Beckett R, HARWOOD S, BISHAY N. Morbid jealousy: a review and cognitive-behavioural formulation. Br J Psychiatry. 1990;157:319-26.

    WESTLAKE RJ, WEEKS SM. Pathological jealousy appearing after cerebrovascular infarction in a 25-year-old woman. Aust N Z J Psychiatry. 1999;33(1):105-7.

3. MARAZZITI D, NASSO E, MASALA I, BARONI S, ABELLI M, MENGALI F, RUCCI P. Normal and obsessional jealousy: a study of a population of young adults. Eur Psychiatry. 2003a; 18:106-11.

4. TARRIER N, BECKETT R, HARWOOD S, BISHAY N. Morbid jealousy: a review and cognitive-behavioural formulation. Br J Psychiatry. 1990;157:319-26.

    MICHAEL A, MIRZA S, MIRZA KA, BABU VS, VITHAYATHIL E. Morbid jealousy in alcoholism. Br J Psychiatry. 1995;167(5):668-72.

    MARAZZITI D, NASSO E, MASALA I, BARONI S, ABELLI M, MENGALI F, RUCCI P. Normal and obsessional jealousy: a study of a population of young adults. Eur Psychiatry. 2003a; 18:106-11.

    MARAZZITI D. ... e viveram ciumentos e felizes para sempre. Porto Alegre: Casa Editorial Luminara, 2009.

5. MUISE A, CHRISTOFIDES E, DESMARAIS S. More information than you ever wanted: does Facebook bring out the green-eyed monster of jealousy? Cyberpsychol Behav. 2009;12(4):441-4.

6. MARAZZITI D. ... e viveram ciumentos e felizes para sempre. Porto Alegre: Casa Editorial Luminara, 2009.

7. DI NOVI, Denise. Paixão Obsessiva. EUA, 2017.

8. TORRES AR, RAMOS-CERQUEIRA ATA, DIAS RS. O ciúme enquanto sintoma do transtorno obsessivo-compulsivo. Rev Bras Psiquiatr. 1999;21(3):165-73.

    KINGHAM M, GORGON H. Aspects of morbid jealousy. Adv in Psychiatric Treatment. 2004; 10:207-15.

    HARRIS CR. The evolution of jealousy. Am Sci. 2004;92:62-71.

    MARAZZITI D. ... e viveram ciumentos e felizes para sempre. Porto Alegre: Casa Editorial Luminara, 2009.

9. COBB JP, MARKS IM. Morbid jealousy featuring as obsessive-compulsive neurosis: treatment by behavioural psychotherapy. Br J Psychiat. 1979;134:301-5.
10. TARRIER N, BECKETT R, HARWOOD S, BISHAY N. Morbid jealousy: a review and cognitive-behavioural formulation. Br J Psychiatry. 1990;157:319-26.
11. TORRES AR, RAMOS-CERQUEIRA ATA, DIAS RS. O ciúme enquanto sintoma do transtorno obsessivo-compulsivo. Rev Bras Psiquiatr. 1999;21(3):165-73.
12. MARAZZITI D, NASSO E, MASALA I, BARONI S, ABELLI M, MENGALI F, RUCCI P. Normal and obsessional jealousy: a study of a population of young adults. Eur Psychiatry. 2003a; 18:106-11.
13. FREEMAN T. Psychoanalytical aspects of morbid jealousy in women. Br J Psychiatry. 1990;156:68-72.

KINGHAM M, GORGON H. Aspects of morbid jealousy. Adv in Psychiatric Treatment. 2004; 10:207-15.

14. EASTON JA, SHACKELFORD TK, SCHIPPER LD. Delusional disorder-jealous type: how inclusive are the DSM-IV diagnostic criteria? J Clin Psychol. 2008;64(3):264-75.

## V. Personalidade, temperamento e caráter dos ciumentos excessivos

1. Touro Indomável, Martín Scorsese. EUA, 1980
2. Mulheres Apaixonadas, Manoel Carlos. Brasil, 2003.
3. RYDELL RJ, Bringle RG. Differentiating reactive and suspicious jealousy. Soc Behav Person. 2007;35(8):1099-114.

## VI. Como as relações na infância influenciam os relacionamentos românticos

1. BOWLBY J. Apego: a natureza do vínculo. São Paulo: Martins Fontes; 1990.
BOWLBY J. Attachment and Loss: Attachment. v.1. New York: Basic Books; 1969.
BOWLBY J. The making and Breaking of Affectional Bonds. London: Tavistock; 1979.
2. SHARPSTEEN DJ, KIRKPATRICK LA. Romantic jealousy and adult romantic attachment. Pers Proc Indiv Diff. 1997;72(3):627-40.
3. ÖNER B. Factors predicting future time orientation for romantic relationships with the opposite sex. J Psychol. 2001;135(4):430-8.
SOPHIA EC, TAVARES H, BERTI M, PEREIRA AP, LORENA A, MELLO C, GORENSTEIN C, ZILBERMAN ML. Pathological Love: impulsivity, personality, and romantic relationship. CNS Spectr. 2009;14(5):268-74.
4. SHARPSTEEN DJ, KIRKPATRICK LA. Romantic jealousy and adult romantic attachment. Pers Proc Indiv Diff. 1997;72(3):627-40.

5    HAZAN C, SHAVER P. Conceptualizing romantic love as an attachment process. J Pers Soc Psych. 1987; 29:270-80.

SHARPSTEEN DJ, KIRKPATRICK LA. Romantic jealousy and adult romantic attachment. Pers Proc Indiv Diff. 1997;72(3):627-40.

6    MARAZZITI D, CONSOLI G, ALBANESE F, LAQUIDARA E, BARONI S, DELL'OSSO MC. Romantic attachment and subtypes/dimensions of jealousy. Clin Pract Epidemiol Ment Health. 2010b; 6: 53-8.

## VII. Como o ciúme se manifesta em homens e mulheres

1    HARRIS CR. A Review of sex differences in sexual jealousy, including self-report data, psychophysiological responses, interpersonal violence, and morbid jealousy. Personaloity and Social Psycholohy Review. 2003a;7:102-28.

HARRIS CR. Factors associated with jealousy over real and imagined infidelity?: an examination of the social-cognitive and evolutionary psychology perspectives. Psychology of Women Quartely. 2003b;27:319-29.

BUSS DM. Sexual and emotional infidelity: evolved gender differences in jealousy prove robust and replicable. Perspectives on Psychological Science. 2018;13(2):155-60.

BUSS DM, LARSEN RJ, WESTEN D, SEMMELROTH J. Sex differences in jealousy: evolution, physiology, and psychology. Psychological Science. 1992; 3(4):251-6.

2    EASTON JA, SCHIPPER LD, SHACKELFORD TK. Morbid jealousy from an evolutionary psychological perspective. Evolution and Human Behavior. 2007;28:399-402.

SAGARIN BJ, MARTIN AL, COUTINHO SA, EDLUND JE, PATEL L, SKOWRONSKI JJ, ZENGEL B. Sex differences in jealousy: a meta-analytic examination. Evolution and Human Behavior. 2012;33(6):595-614.

BENDIXEN M, KENNAIR LEO, BUSS DM. Jealousy: evidence of strong sex differences using both forced choice and continuous measure paradigms. Personality and Individual Differences. 2015;86:212-6.

YAMAMOTO ME, VALENTOVA JV. (orgs.) LEITÃO MBP, HATTON WT (Trad). Manual de Psicologia Evolucionista. Natal: Edufrn; 2018.

3    BUSS DM, LARSEN RJ, WESTEN D, Semmelroth J. Sex differences in jealousy: evolution, physiology, and psychology. Psychological Science. 1992; 3(4):251-6.

SAGARIN BJ, GUADAGNO RE. Sex differences in the contexts of extreme jealousy. Personal Relationships. 2004;11:319-28.

EDLUND JE, SAGARIN BJ. Sex differences in jealousy?: Misinterpretation of nonsignificant results as refuting the theory. Personal Relationships. 2009;16(1):67-78.

TREGER S, SPRECHER S. The influences of sociosexuality and attachment style on reactions to emotional versus sexual infidelity. Journal of Sex Research. 2011;48(5):413-22.

BENDIXEN M, KENNAIR LEO, BUSS DM. Jealousy: evidence of strong sex differences using both forced choice and continuous measure paradigms. Personality and Individual Differences. 2015;86:212-6.

MARTÍNEZ-LEÓN NC, PEÑA JJ, SALAZAR H, GARCÍA A, SIERRA JC. A systematic review of romantic jealousy in relationship. Terapia Psicológica. 2017;35(2):195-204.

BUSS DM. Sexual and emotional infidelity: evolved gender differences in jealousy prove robust and replicable. Perspectives on Psychological Science. 2018;13(2):155-60.

4    DESTENO D, BARTLETT MY, BRAVERMAN J, SALOVEY P. Sex differences in jealousy: Evolutionary mechanism or artifact of measurement? Journal of Personality and Social Psychology. 2002;83(5):1103-16.

HARRIS CR. A Review of sex differences in sexual jealousy, including self-report data, psychophysiological responses, interpersonal violence, and morbid jealousy. Personaloity and Social Psycholohy Review. 2003a;7:102-28.

GREEN MC, SABINI J. Gender, socioeconomic status, age, and jealousy: emotional responses to infidelity in a national sample. Emotion. 2006;6(2):330-4.

SAGARIN BJ, MARTIN AL, COUTINHO SA, EDLUND JE, PATEL L, SKOWRONSKI JJ, ZENGEL B. Sex differences in jealousy: a meta-analytic examination. Evolution and Human Behavior. 2012;33(6):595-614.

5    MARAZZITI D. ... e viveram ciumentos e felizes para sempre. Porto Alegre: Casa Editorial Luminara, 2009.

6    TUCCI AM, KERR-CORRÊA F, SOUZA-FORMIGONI MLO. Childhood trauma in substance use disorder and depression: An analysis by gender among a Brazilian clinical sample. Child Abuse and Neglect. 2010;34(2):95-104.

## VIII. Ciúme, ansiedade e depressão: o que veio primeiro?

1    GABLE, S. L., & Impett, E. A. (2012). Approach and avoidance motives and close relationships. Social and Personality Psychology Compass, 6(1), 95–108. https://doi.org/10.1111/j.1751-9004.2011.00405.x

## IX. Relações (não satisfatórias) para a vida toda

1    SOPHIA EC, TAVARES H, BERTI M, PEREIRA AP, LORENA A, MELLO C, GORENSTEIN C, ZILBERMAN ML. Pathological Love: impulsivity, personality, and romantic relationship. CNS Spectr. 2009;14(5):268-74.

2    Brilho eterno de uma mente sem lembranças, Michel Gondry. EUA, 2004.

3/4  ÖNER B. Factors predicting future time orientation for romantic relationships with the opposite sex. J Psychol. 2001;135(4):430-8.

5   AUNE KS, COMSTOCK J. Effect of relationship length on the experience, expression, and perceived appropriateness of jealousy. J Soc Psychol.1997;137(1):23-31.

## X. Como distinguir amor patológico de ciúme excessivo

1   SOPHIA EC, TAVARES H, ZILBERMAN ML. Amor patológico: um novo transtorno psiquiátrico. Rev Bras Psiquiatr. 2007;29(1):55-62.

2   WHITE G; MULLEN PE. Jealousy: theory, research, and clinical strategies. New York: The Guilford Press; 1989.

TORRES AR, RAMOS-CERQUEIRA ATA, DIAS RS. O ciúme enquanto sintoma do transtorno obsessivo-compulsivo. Rev Bras Psiquiatr. 1999;21(3):165-73.

MARAZZITI D. ... e viveram ciumentos e felizes para sempre. Porto Alegre: Casa Editorial Luminara, 2009.

3   SOPHIA EC, TAVARES H, BERTI M, PEREIRA AP, LORENA A, MELLO C, GORENSTEIN C, ZILBERMAN ML. Pathological Love: impulsivity, personality, and romantic relationship. CNS Spectr. 2009;14(5):268-74.

4   Por trás dos seus olhos, Marc Forster. EUA, 2016.

## XI – Suicídio nos relacionamentos amorosos

1   https://news.un.org/pt/story/2021/06/1753992

2   TARRIER N, BECKETT R, HARWOOD S, BISHAY N. Morbid jealousy: a review and cognitive-behavioural formulation. Br J Psychiatry. 1990;157:319-26.

CYNKIER P. Pathological jealousy from forensic psychiatric perspective. Psychiatr Pol. 2018;52(5):903-14.

3   SINGH SK, BHANDARI SS, SINGH PK. Phenomenology and predisposing factors of morbid jealousy in a psychiatric outdoor: a cross-sectional, descriptive study. Open J Psychiatry Allied Sci. 2017;8(2):129-35.

4   SHAKESPEARE W. Otelo, o mouro de Veneza. Melhoramentos, 1956.

5   SHAKESPEARE W. Romeu e Julieta. Editora Globo, 1947.

6   STRAVOGIANNIS AL, SANCHES CC. Amor, ciúme e suicídio: crimes passionais. In: Compreendendo o suicídio. Editores Rodolfo Furlan Damiano... [et al.] – 1.ed. Santana de Parnaíba [SP]: Manole, 2021, pg. 155-163.

7   LOVE HA, NALBONE DP, HECKER LL, SWEENEY KA, DHARNIDHARKA P. Suicidal risk following the termination of romantic relationships. Crisis. 2018;39(3):166-74.

8   SCOURFIELD J, RHIANNON E. Why might men be more at risk of suicide after a relationship breakdown? Sociological Insights. Am J Men's Health.

2015;9(5):380-4.

9. TILL B, TRAN US, Niederkrotenthaler T. Relationship satisfaction and risk factors for suicide. Crisis. 2017;38(1):7-16

10. KAZAN D, CALEAR AL, BATTERHAM PJ. The impact of intimate partner relationships on suicidal thoughts and behaviours: A systematic review. J Affect Dis. 2016;585-98.

11. CANETTO SS, LESTER D. Love and achievement motives in women's and men's suicide notes. The Journal of Psychology: Interdisciplinary and Applied. 2002;136(5):573-6.

## XII - Relacionamentos abusivos: quando o amor deixa marcas

1. Maid, Molly Smith Metzlerda. Netflix, 2021.
2. www.institutomariadapenha.org.br/lei-11340/tipos-de-violencia
3. Bom Dia Verônica, Raphael Montes. Netflix, 2020.
4. https://www.institutomariadapenha.org.br/lei-11340/tipos-de-violencia.html
5. DeSteno D, Valdesolo P, Bartlett MY. Jealousy and the threatened self: getting to the heart of the green-eyed monster. J Pers Soc Psychol. 2006;91(4):626-41.
6. MUÑOZ-RIVAS MJ, GRAÑA GÓMEZ JL, O'Leary KD, González Lozano P. Physical and psychological aggression in dating relationships in Spanish university students. Psicothema. 2007;19(1):102-7.
7. SPITZBERG BH, CUPACH WR. The dark side of close relationships. Lawrence Erlbaum, 1998.
8. POWER C, KOCH T, KRALIK D, JACKSON D. Lovestruck: women, romantic love and intimate partner violence. Contemp Nurse. 2006;21(2):174-85.

    GLASS N, LAUGHON K, RUTTO C, BEVACQUA J, CAMPBELL CJ. Young adult intimate partner femicide. Homicide Stud. 2008;12(2):177-87.

    COLEMAN PK, RUE VM, COYLE CT. Induced abortion and intimate relationship quality in the Chicago Health and Social Life Survey. Public Health. 2009;123(4):331-8.

9. www.g1.globo.com/politica/noticia/2021/03/07/brasil-teve-105-mil-denuncias-de-violencia-contra-mulher-em-2020-pandemia-e-fator-diz-damares.ghtml
10. RUSSELL RJH, WELLS P. Predicting marital violence from the Marriage and Relationship Questionnaire: using the LISREL to solve an incomplete data problem. Pers Indiv Differ. 2000;29(3):429-40.

    SPIWAK R, BROWNRIDGE DA. Separated women's risk for violence: an analysis of the Canadian situation. J Divorce & Remarriage. 2005;43(3-4):105-18.

    DESTENO D, VALDESOLO P, BARTLETT MY. Jealousy and the threatened self: getting to the heart of the green-eyed monster. J Pers Soc Psychol. 2006;91(4):626-41.

ANSARA DL, HINDIN MJ. Perpetration of intimate partner aggression by men and women in the Philippines – Prevalence and associated factors. J Interpers Violence. 2008;53(4):549-80.

FLEISCHMANN AA, SPITZBERG BH, ANDERSEN PA, ROESCH SC. Tickling the monster: jealousy induction in relationships. J Soc Pers Relat. 2005;22(1):49-73.

JEWKES R. Intimate partner violence: causes and prevetion. Lancet. 2002;359(9315):1423-9.

PUENTE S, Cohen D. Jealousy and the meaning (or nonmeaning) of violence. Pers Soc Psychol Bull. 2003;29(4):449-60.

GAGE AJ. Women's experience of intimante partner violence in Haiti. Soc Sci Med. 2005;61(2):343-64.

TILLEY DS, BRACKLEY M. Men who batter intimate partners: a grounded theory study of the development of male violence in intimate partner relationships. Issues Ment Health Nurs. 2005;26(3):281-97.

FORAN HM, O'LEARY KD. Problem drinking, jealousy, and anger control: variables predicting physical aggression against a partner. J Fam Viol. 2008;23:141-48.

11  https://www.brasildefato.com.br/2021/03/21/no-bbb-e-na-vida-relacao-abusiva-nasce-disfarcada-de-cuidado-alerta-psicanalista

12  https://g1.globo.com/sp/sao-paulo/noticia/2021/11/23/30percent-das-mulheres-dizem-que-ja-foram-ameacadas-de-morte-por-parceiro-ou-ex-1-em-cada-6-sofreu-tentativa-de-feminicidio-diz-pesquisa.ghtml

13  GUAN M, Li X, XIAO W, MIAO D, LIU X. Categorization and prediction of crimes of passion based on attitudes toward violence. International Journal of Offender Therapy and Comparative Criminology. 2016;1:16.

STRAVOGIANNIS AL, SANCHES CC. Amor, ciúme e suicídio: crimes passionais. In: Compreendendo o suicídio. Editores Rodolfo Furlan Damiano... [et al.] – 1.ed. Santana de Parnaíba [SP]: Manole, 2021, pg. 155-163.

14  SANTIAGO RA, COELHO MTAD. O crime passional na perspectiva de infratores presos: um estudo qualitativo. Psicologia em Estudo. 2010;87:95-15.

15  SCHUMACHER JA, SLEP AM. Attitudes and dating aggression: a cognitive dissonance approach. Prev Sci. 2004;5(4):231-43.

DOBASH RE, DOBASH RP, CAVANAGH K, MEDINA-ARIZA J. Lethal and nonlethal violence against an intimate female partner: comparing male murderers to nonlethal abusers. Violence Against Women. 2007;13(4):329-53.

ECHEBURÚA E, Fernández-Montalvo. Male batterers with and without psychopathy: an exploratory study in Spanish prisons. Int J Offender Ther Comp Criminol. 2007;51(3):254-63.

16  HOLTZWORTH-MUNROE A, MEEHAN JC, HERRON K, REHMAN U, STUART GL. Testing the Holtzworth-Munroe and Stuart (1994) batterer typology. J Consult Clin Psychol. 2000;68(6):1000-19.

HOLTZWORTH-MUNROE A, MEEHAN JC, HERRON K, REHMAN U, STUART GL. Do subtypes of maritally violent men contribute to differ over time? J Consult Clin Psychol. 2003;71(4):728-40.

BABCOCK JC, COSTA DM, GREEN CG, ECKHARDT CI. What situations induce intimate partner violence? A realiability and validity study of the Proximal Antecedents to Violent Episodes (PAVE) Scale. J Fam Psychol. 2004;18(3):433-42.

ECHEBURÚA E, Fernández-Montalvo. Male batterers with and without psychopathy: an exploratory study in Spanish prisons. Int J Offender Ther Comp Criminol. 2007;51(3):254-63.

COSTA DM, BABCOCK JC. Articulated thoughts of intimate partner abusive men during anger arousal: correlates with personality disorder features. J Fam Violence. 2008;23(6):395-402.

17  ECHEBURÚA E, Fernández-Montalvo. Male batterers with and without psychopathy: an exploratory study in Spanish prisons. Int J Offender Ther Comp Criminol. 2007;51(3):254-63.

18  O'LEARY KD, Smith Slep AM, O'Leary SG. Multivariate models of men's and women's partner aggression. J Consult Clin Psychol. 2007;75(5):752:64.

FELSON RB, Outlaw MC. The control motive and marital violence. Violence Vict. 2007;22(4):387-407.

19  ARCHER J, Webb IA. The relation between scores on the Buss-Perry Aggression Questionnaire and aggressive acts, impulsiveness, competitiveness, dominance and sexual jealousy. Aggress Behav. 2006;32:464-73.

FELSON RB, Outlaw MC. The control motive and marital violence. Violence Vict. 2007;22(4):387-407.

## Dicas práticas para lidar com as dores românticas

1  BECK, Judith S. Terapia cognitiva-comportamental [recurso eletrônico]: teoria e prática. Tradução de Sandra Mallmann da Rosa. Revisão técnica: Paulo Knapp, Elizabeth Meyer. 2. Ed. – dados eletrônicos. – Porto Alegre: Artmed, 2013.